FOLI
JUNIOR

Jean-Claude Mourlevat

La Troisième Vengeance
de Robert Poutifard

Illustrations de Beatrice Alemagna

GALLIMARD JEUNESSE

*Je dédie cette comédie aux maîtres
et aux maîtresses qui nous apprennent à lire.
Et aussi, comme promis, à Octave, Louisa, Emma
et Colin, les quatre petits vacanciers de Belle-Île.*

J.-C. M.

1
Des adieux très émouvants

Le 29 juin 1999 à 16 h 45, on donna une fête bien sympathique dans la salle des maîtres de la vieille école des Tilleuls. Robert Poutifard, maître des CM 1, prenait sa retraite et ses collègues tinrent absolument à lui offrir un pot et un cadeau d'adieu.

Le premier à prendre la parole fut le directeur, M. Gendre, un petit homme sec et sévère. Il tapa dans ses mains pour obtenir le silence et commença ainsi :

– Cher Robert, permettez que je vous appelle Robert, votre nom restera à jamais lié à notre école puisque vous y avez passé… trente-sept années scolaires !

– *En effet*, murmura Poutifard entre ses dents afin que personne ne puisse l'entendre, *trente-sept années de cauchemar…*

– Vous n'avez jamais songé à partir, jamais songé à nous quitter…

– *Oh si ! Tous les soirs, figurez-vous, tous les soirs depuis trente-sept ans…*

– Les anciens de l'établissement se rappellent encore le jeune enseignant dynamique et novateur qui, dès son arrivée…

– … *avait envie de repartir*, acheva muettement Poutifard.

– À vos qualités de pédagogue, vous avez su adjoindre…

Déjà Robert Poutifard n'entendait plus. Il arborait un sourire de circonstance et tâchait de faire bonne figure, mais sa tête était ailleurs et son regard s'enfuyait malgré lui vers le grand tilleul qui bruissait dans la cour de récréation, derrière la fenêtre ouverte.

– *Plus qu'une heure*, se disait-il. *Plus que soixante petites minutes et nous y serons…*

Il sursauta presque quand les applaudissements éclatèrent. Le directeur achevait son discours :

– … aussi je l'avoue avec un peu d'émotion : vous nous manquerez, Robert. Et vous manquerez aux enfants…

– *Mais je n'ai pas du tout l'intention de les abandonner !* commenta Poutifard en silence.

Deux fillettes de CM 1 s'avancèrent alors vers lui. La première lui remit un bouquet de fleurs presque aussi gros qu'elle.

– Je te remercie, il est magnifique ! déclara Poutifard, *je passe justement devant la benne à ordure en rentrant à la maison…*

La seconde lut avec application un compliment préparé par la classe :

– Il nous a appris les mathématiques,
  l'orthographe et la botanique
  toujours patient, toujours gentil…

– … *il a failli mourir d'ennui !* compléta Poutifard.

– … il nous a consacré sa vie, dit la petite.
  Monsieur Poutifard, merci beaucoup
  D'avoir tant travaillé pour nous.
  Même si passent mille années
  Nous ne vous oublierons jamais.

– Oh mais c'est charmant ! s'exclama le directeur. Tout à fait charmant !

Toutes les personnes présentes applaudirent la fillette ravie qui exécuta une gracieuse révérence.

– *Moi non plus je ne vous oublierai jamais,* songea Poutifard. *Faites-moi confiance…*

Ensuite, la blonde et jolie Mlle Haignerelle, maîtresse de CE 2, lui remit, au nom de tous ses collègues, le cadeau d'usage. C'était, dans son élégant boîtier, un superbe stylo-encre au capuchon doré. Elle avait visiblement préparé un mot elle aussi, mais son menton tremblait et elle fut incapable d'articuler le moindre son. Elle se hissa sur la pointe des orteils pour embrasser Poutifard qui pencha son mètre quatre-vingt-seize vers elle afin que leurs

9

visages puissent se rencontrer. Ce fut pour lui le seul moment de sincère émotion.

– Merci, Claudine, murmura-t-il pour elle seule, et il reprit, plus fort et à l'intention de tout le monde : merci, merci à tous… je suis très touché… c'est très gentil de votre part.

– Vous pourrez écrire vos mémoires ! plaisanta le directeur.

– *C'est vrai que je me souviens de tout*, se dit Poutifard, *mais je ferai un autre usage de mes souvenirs…* et il glissa le stylo dans la poche de sa veste.

Pour conclure joyeusement la fête, on but deux bouteilles de champagne en grignotant des petites pizzas à la tomate et quelques gâteaux secs. Poutifard se chargea lui-même de servir ses collègues. Cela lui donnait une contenance et occupait les deux interminables bras dont il ne savait jamais que faire en pareille circonstance. *Plus que trente minutes, plus que vingt…* s'encourageait-il. Les bavardages l'agaçaient et les questions étaient toujours les mêmes :

– Que vas-tu faire de tes journées, Robert ?

– Tu ne vas pas t'ennuyer, j'espère ?

– Ça doit te faire une drôle d'impression tout de même ?

– Tu passeras nous voir de temps en temps, n'est-ce pas ?

Ce qu'il allait faire des mois à venir, il le savait déjà et cela n'avait rien d'ennuyeux ! Seulement il valait mieux ne pas le dire ici…

Vers 18 h, on se souhaita de bonnes vacances et on se sépara. *Plus que dix petites minutes, plus que cinq...* s'impatientait Poutifard en serrant les dernières mains, en embrassant les dernières joues. À 18 h 15, après avoir aidé les femmes de ménage à remettre un peu d'ordre dans la salle des maîtres, il quitta seul l'école déserte. Il jeta un ultime coup d'œil à cette cour qu'il avait arpentée pendant trente-sept ans, aux grands tilleuls qu'il avait vus fleurir trente-sept fois, et trente-sept fois perdre leurs feuilles, aux murs grisâtres des bâtiments, aux rideaux tirés des fenêtres de sa classe, là-haut, au deuxième étage. Il tourna le dos à tout cela et, embarrassé de l'énorme bouquet de fleurs, il marcha jusqu'au parking où l'attendait sa vieille 2 CV jaune. Il prit place au volant et tourna la clef de contact. Les essuie-glaces se mirent en marche tout seuls, comme toujours, et il donna un solide coup de poing sur le tableau de bord pour les arrêter. Parvenu à la benne à ordure qui se trouvait en contrebas de la route, près de la rivière, il vérifia que personne ne pouvait le voir d'en haut et fourra sans regret le volumineux bouquet dans le conteneur. Puis, dans une décision soudaine, il prit sur le siège arrière le vieux cartable au cuir tanné qui avait pendu pendant trente-sept ans au bout de sa main droite et il revint à la benne. Il n'hésita pas plus de cinq secondes et le cartable rejoignit les fleurs au milieu des ordures ménagères et des détritus malodorants. Il l'enfouit au plus profond, fit claquer le couvercle de la poubelle et se frotta les mains. *Bon débarras !*

Il reprit sa route le long de la berge, puis obliqua à gauche au feu. Deux minutes plus tard, il s'engageait sur le large boulevard Gambetta. Il arrêta sa voiture au numéro 80, un massif immeuble bourgeois du début du siècle dont les balcons en fer forgé donnaient sur un parc planté de marronniers, de l'autre côté de la rue. Il monta l'escalier ciré et parvint, essoufflé, au troisième étage, dans le grand appartement où il était né presque soixante ans plus tôt et où il avait toujours vécu…

Il accrocha sa veste au portemanteau du vestibule, passa au salon et se servit un whisky bien dosé dans lequel il fit tinter deux glaçons. Le verre en main, il affaissa ses cent trente-sept kilos sur le canapé à grandes fleurs mauves et il poussa un immense soupir de bien-être : *enfin ! en…fin !*

— Tu es rentré ? l'appela une lointaine voix tremblotante.

— Oui, je suis rentré, maman, répondit-il.

— Alors, c'est bien fini, cette fois ?

— Oui, maman. C'est fini.

— Tu viens me voir ?

Il se releva et suivit l'obscur couloir aux murs tendus de tissu. Tout au bout, la porte de la chambre était entrouverte, comme à l'habitude. Il la poussa. Sa mère lui sourit depuis son lit. Sa tête reposait sur un oreiller rose. Ses longs bras dépassaient des manches dentelées de la chemise de nuit. Pour une femme de sa génération, Mme Poutifard était étonnamment grande. Ses pieds touchaient presque l'armature métallique au fond du lit. Son fils vint s'asseoir près d'elle.

– Ah Robert, soupira-t-elle, si seulement j'en avais la force, si je pouvais au moins me lever, je t'aiderais… Tu me raconteras tout, n'est-ce pas ?

Il saisit délicatement la belle main ridée qui reposait sur le drap et l'embrassa.

– Tout, maman. Tu n'en perdras pas une miette. Repose-toi, va. Je vais te préparer ton bouillon. Prendras-tu une compote ou un biscuit pour ton dessert ce soir ?

– Une compote s'il te plaît… Ah, Robert, je t'en donne, du mal…

Il lui sourit tendrement.

– Mais non, maman, mais non…

Dans le cadre en bois posé près du verre à dentier, sur la table de nuit, un gros homme chauve et moustachu les observait avec bienveillance. Il semblait même les encourager du regard.

– Tu vois, dit Mme Poutifard, il est avec nous. Il nous aidera.

Cette nuit-là, bien trop agité pour fermer l'œil, Poutifard se leva vers 2 h du matin. Avant d'allumer les appliques du vestibule, il écouta à la porte de la chambre qui faisait face à la sienne. Rassuré par la

13

respiration régulière de la vieille dame, il suivit le couloir. Les lames du parquet gémirent sous son poids, malgré la moquette. Il se glissa en pyjama dans le bureau silencieux qui jouxtait le salon, se hissa sur un solide tabouret, et descendit de la plus haute étagère deux cartons notés au feutre noir, l'un : PHOTOS DE CLASSE, l'autre : FICHES.

Il ouvrit le premier et en retira les trente-sept photographies. Pas une ne manquait. La plus ancienne datait de 1962, sa première année d'enseignement, la plus récente avait été prise au mois d'avril de cette année. Les cinq premières étaient en noir et blanc, les suivantes en couleurs. Il les examina les unes après les autres, avec attention. En s'observant lui-même sur les clichés, il constata combien, au fil des ans, sa silhouette s'était alourdie, et il vit comment ses cheveux étaient peu à peu tombés jusqu'à le laisser presque chauve au virage de la quarantaine, dans les années 80. Les enfants de CM 1 avaient toujours huit ou neuf ans, eux, sur les photos. Ainsi, il avait vieilli lentement, au milieu d'eux qui arboraient année après année leur impertinente jeunesse ! Il remarqua aussi qu'il ne souriait sur presque aucune des trente-sept photos alors que la plupart des écoliers adressaient à l'objectif des sourires resplendissants.

– *Riez, riez à votre aise…*, dit-il en serrant les dents, *bientôt vous rirez moins…*

Il s'installa dès le lendemain matin dans la salle à manger afin de pouvoir étaler plus à l'aise sur la grande table ses photos et ses fiches. Quand il tira les rallonges de bois, elles grincèrent terriblement et il se demanda quand elles avaient servi pour la dernière fois. *C'était avant la mort de papa*, se rappela-t-il, *du temps où nous recevions encore des amis, parfois… C'était il y a trente ans…* Cette pensée lui fit de la peine, mais elle lui fut douce aussi. Trente ans sans visite peut-être, mais trente ans avec maman pour soi tout seul… Qui dit mieux ?

Trois jours durant, il observa les photos, s'aidant d'une loupe quelquefois. Il relut toutes ses fiches. Sur un cahier à spirale, il griffonna des noms, des dates, ajouta des commentaires, les annota. Il barra, ratura, fit des flèches, compara… Parfois, il rejoignait sa mère dans sa chambre et lui tenait compagnie un instant, assis dans le confortable fauteuil crapaud habillé jadis de satin par M. Poutifard père.

– Où en es-tu ? demandait-elle.

Il lui faisait part de ses hésitations, de ses doutes, lui demandait conseil. Il y trouvait aussi du réconfort, car rassembler ces souvenirs douloureux, en revoir les moindres détails, s'obliger à les revivre : tout cela le faisait terriblement souffrir.

Le premier jour, ils établirent ensemble une liste de trente-deux enfants.

Le deuxième jour, ils en avaient éliminé vingt et gardé douze.

Le troisième jour enfin, la vieille dame laissa son fils achever seul le travail.

– C'est de toi qu'il s'agit, après tout, expliqua-t-elle.

Et c'est ainsi que tard dans la nuit du 2 au 3 juillet 1999, Robert Poutifard fit porter son choix définitif sur trois enfants, ou plutôt quatre, dont il écrivit avec soin les noms sur la page centrale du cahier à spirale :

PIERRE-YVES LECAIN
8 ans CM 1 *année scolaire 66-67*

CHRISTELLE ET NATHALIE GUILLOT
9 ans CM 1 *année scolaire 77-78*

AUDREY MASQUEPOIL
9 ans CM 1 *année scolaire 87-88*

– À nous, mes petits amis… à nous maintenant…, murmura-t-il et, sur la couverture, il écrivit en gros caractères :

ROBERT POUTIFARD
CAHIER DE VENGEANCE

Puisqu'il ne pouvait pas s'occuper de tous (une vie entière n'y aurait pas suffi), il fallait bien se contenter de quelques-uns. Mais ceux-là paieraient pour les autres, pour tous les autres. Et ils paieraient très cher.

Il était 3 h 30 du matin. Une moto passa sur le boulevard. Poutifard écouta son hurlement s'éloigner puis disparaître. Le silence revint. Du fond du couloir lui parvenait seulement, par la porte entrouverte, le tranquille ronflement de sa vieille mère.

2

Une enfance malheureuse
et une carrière pénible

Robert Poutifard avait toujours détesté les enfants. Même à l'époque lointaine où il était enfant lui-même, il les avait détestés. Et pour d'excellentes raisons. En huit années d'école maternelle et primaire, il n'était pas rentré chez lui un seul soir sans une griffure à la joue, un bleu à la jambe, une blouse tachée, une chemise déchirée, un pull-over détricoté ou une casquette décousue. Comment se défendre lorsqu'on est un enfant craintif et maigrichon, qu'on mesure une demi-tête de moins que les autres et qu'on n'a eu ni frère ni sœur pour apprendre la bagarre ?

Il se rappelait surtout ce jour terrible où, à l'âge de sept ans, il avait vécu la pire des humiliations : traverser la moitié de la ville en tirant sur les pans de sa chemise pour cacher ses jambes nues. Malade de honte, il était resté recroquevillé au deuxième étage de l'escalier ciré de l'immeuble du boulevard Gambetta, sans oser ni redescendre ni continuer à monter. Comme elle l'entendait sangloter, sa mère était sortie sur le palier et lui avait crié d'en haut :

– Robert, tu ne montes pas ? Que se passe-t-il ? Ils t'ont déchiré ton pantalon neuf, je parie !

Et il avait dû répondre la terrible vérité :

– Non, maman, mon pantalon n'est pas déchiré. Je n'ai plus de pantalon !

Il avait couru vers elle et s'était jeté dans ses bras. Elle l'avait consolé, caressé.

– Ne t'en fais pas, mon chéri, je suis là… Ce sont des monstres ! Des monstres, je te dis…

Il ne l'avait jamais oublié. Si sa chère et gentille maman le disait, alors il ne fallait pas en douter : les enfants étaient bien des monstres.

Dès le lendemain, la grande et forte Mme Poutifard se tenait devant le directeur de l'école, la voix vibrante d'émotion :

– Cette fois, monsieur, ils ont passé les bornes ! Figurez-vous que mon fils…

– Je sais, je sais, l'avait interrompue le directeur. Ses camarades…

– *Camarades* ? Vous appelez *camarades* des enfants qui obligent mon Robert à traverser la ville fesses nues ? J'exige qu'on le change de classe. Sinon je l'inscris dans une autre école dès demain !

– Chère madame Poutifard, avait soupiré le directeur, Robert a déjà connu trois écoles et une bonne dizaine de classes différentes. Rien n'y fait : les enfants s'acharnent sur lui. On dirait qu'il les attire, qu'il excite leur méchanceté…

Les jeudis, jours de repos pour les écoliers, il se gardait de sortir et préférait rester en compagnie de sa mère, dans leur appartement bien chauffé. Elle l'y encourageait :

— Reste donc à la maison, Robert… Ce ne sont que des voyous et des garnements. Ici au moins personne ne te fera de mal. Tiens, nous allons faire un bon clafoutis aux cerises, tous les deux, tu veux bien ?

— Exactement, ajoutait son père, et ensuite, tu m'accompagneras à l'atelier. Je te montrerai comment on fait les boutonnières.

M. Poutifard père, qui avait quinze ans de plus que son épouse, était un petit homme rondouillard et jovial, portant moustache. La différence de taille entre elle et lui, vingt bons centimètres, amusait beaucoup les gens. Il était tailleur. Son atelier de confection occupait une vaste pièce au rez-de-chaussée de l'immeuble. Les ciseaux cliquetaient, les tissus froufroutaient, les machines à coudre cousaient, la radio jouait de la musique classique en sourdine. M. Poutifard, qui adorait l'opéra, chantonnait les airs dans sa barbe et poussait des petits « hon hon » lorsque aux informations il entendait quelque chose d'intéressant ou de drôle. Quel calme ! Quelle douceur ! Quelle paix ! La rudesse du monde s'arrêtait aux murs de cette pièce. S'il l'avait pu, Robert y serait resté tous les jours de la semaine, toutes les semaines de l'année et toutes les années de sa vie.

Seulement l'école était obligatoire. Pire : elle était peuplée de ces insupportables petits singes stupides, agressifs et braillards qu'on appelle élèves.

Au collège, rien ne s'était arrangé, bien au contraire. En classe de sixième et de cinquième, il avait continué à servir de souffre-douleur. On fit disparaître dix fois son cartable, on mit des limaces dans sa trousse, des gouttes d'encre de Chine dans ses cheveux, du fil de fer dans les rayons de sa bicyclette, on poivra son goûter, on fit circuler des lettres d'amour ridicules avec sa signature imitée... L'imagination des tortionnaires semblait sans limites.

Jusqu'à ce mois de septembre 1954 où Robert provoqua un véritable attroupement en se présentant au collège le jour de la rentrée. Il était alors en classe de 4e et allait sur ses quatorze ans. On eut le plus grand mal à le reconnaître.

– C'est bien toi ? demandèrent ses camarades incrédules.

– Qui voulez-vous que ce soit ! répliqua Robert, agacé.

Pendant les vacances d'été, en deux mois à peine, il avait pris très exactement vingt-quatre centimètres et trente-deux kilos. Il avait fallu changer deux fois de suite toute sa garde-robe et doubler son alimentation. Comme par hasard, on l'ennuya beaucoup moins qu'avant. Au cours de l'année, il continua à grandir et à grossir avec régularité. Début juin, il mesurait 1,91 m et pesait 87 kg. On cessa alors tout à fait de lui chercher des noises.

Il fréquenta ensuite le lycée où l'on considéra d'abord comme une attraction cet immense garçon grassouillet et timide dont la tête dépassait toutes les autres dans la cour, puis on s'habitua et on finit par l'ignorer.

Mais Robert Poutifard n'en oublia pas pour autant son enfance malheureuse. Et quelques années plus tard, au moment de choisir ses études, il s'orienta vers le seul métier où il pourrait se venger tout à son aise des petits morveux qui l'avaient tant fait souffrir autrefois : il décida de devenir… instituteur.

Il mit beaucoup d'entrain à son apprentissage, impatient d'arriver à ce jour béni où on lui livrerait enfin une classe entière d'écoliers tout prêts à punir, à corriger d'une façon ou d'une autre. Les idées ne lui manqueraient pas.

Hélas, il avait presque terminé sa formation lorsqu'on lui enseigna une chose incroyable et révoltante : on n'avait pas le droit de fesser les enfants, ni de les soulever par les cheveux, ni même de les faire agenouiller sur une règle en fer comme autrefois. Lui, si timide d'ordinaire, osa demander, tout rougissant :

– Et les oreilles ? On peut les leur tirer un peu tout de même ?

Ses collègues éclatèrent de rire et le professeur de l'école normale répondit sur un ton moqueur :

– Non, on ne tire pas les oreilles non plus, Poutifard, je suis désolé…

Sa déception fut immense. Mais il était trop tard pour revenir en arrière. Instituteur il était devenu, instituteur il resta.

Suivirent alors trente-sept longues années insupportables pendant lesquelles il faillit plusieurs fois devenir fou. Dès sa première rentrée, il fut affecté à l'école des Tilleuls, à l'autre bout de la ville. Cet établissement vétuste lui rappela de mauvais souvenirs : il l'avait fréquenté pendant quelques mois, en CE 1, avant qu'on l'en retire, une moitié du crâne tondue et l'autre coiffée en brosse. Il acheta une 2 CV neuve pour s'y rendre. Le concessionnaire en avait une toute prête à emporter, mais elle était jaune. Est-ce que ça l'ennuyait ? Mais pas du tout, au contraire, il la trouva très jolie. Il continua à vivre avec ses parents dans l'appartement douillet du boulevard Gambetta. Pourquoi s'en aller ? Aux Tilleuls, on lui confia une classe de CM 1 particulièrement agitée et ce fut le début de l'enfer. Il ne parvenait jamais à obtenir le calme. Ces insupportables moustiques le provoquaient sans cesse de leurs voix criardes, ils ricanaient à tout propos, se moquaient de lui dans son dos et tachaient ses vestes claires avec des boulettes de papier gorgées d'encre.

Il détestait certes tous les enfants, mais il nourrissait

une haine particulière pour ceux qu'il nommait les « petits malins » : ces enfants qui savent lire à quatre ans, connaissent les chiffres romains à cinq, citent sans hésitation la capitale du Burkina Faso et la longueur du Zambèze à cinquante centimètres près. Ce genre d'élèves est tout à fait insupportable quand on s'appelle Poutifard et qu'on peine à réciter la table de 8.

– Maître, combien font 8 × 9 déjà ?

Car le bruit courut vite, parmi les élèves et parmi les maîtres, que Poutifard « ne connaissait pas ses tables ». Effectivement, il lui manquait, quelque part dans les circonvolutions de son cerveau, les neurones de la table de multiplication. Jusqu'à 6, ça allait, mais au-delà une panique incontrôlable s'emparait de lui et lui faisait dire n'importe quoi. Dès qu'il était pris en flagrant délit d'ignorance, Poutifard se congestionnait horriblement. Les enfants s'en rendaient compte et se mettaient alors à imiter tous ensemble le *chchchchchchchch* de la cocotte-minute sous pression. Il devenait alors tout à fait écarlate et perdait le contrôle de lui-même :

– Taisez-vous ! hurlait-il. Je vous ordonne de vous taire immédiatement !

Le soir, parfois, sa mère l'aidait à réviser. Tous les deux s'asseyaient dans la cuisine, pour ne pas déranger M. Poutifard père qui lisait son journal dans le salon, et ils répétaient à l'infini les tables de 7, de 8 et de 9 en buvant de la tisane. Elle le reprenait avec douceur et bienveillance :

– Non, Robert, 8 × 8 ne font pas 112…

Il se corrigeait, recommençait depuis le début. En vain. Il se levait le lendemain matin, piteux, aussi incapable que la veille de savoir si 7 × 9 faisaient 58, 127 ou 840 !

Ses journées de travail l'épuisaient. Il rentrait chez lui exaspéré, bouillonnant de colère contenue. Sa force physique (il mesurait maintenant 1,96 m et pesait près de 125 kg) lui aurait permis d'écraser du plat de la main n'importe lequel de ces odieux moucherons. Seulement c'était interdit. Tout à fait interdit.

Lui qui avait toujours détesté le sport prit l'habitude de courir dix kilomètres chaque soir dans le parc voisin, de l'autre côté du boulevard.

– Robert, tu te fais du mal…, s'inquiétait sa mère en le voyant revenir ébouriffé, hors d'haleine, dégoulinant de sueur.

– J'en ai besoin, maman, répondait-il en s'épongeant. Ça me défoule. Ne t'en fais pas…

Bientôt, il fallut augmenter la distance : il passa à quinze kilomètres, puis à vingt, à trente. Certains soirs, il galopait encore à 1 h du matin dans les allées désertes du parc et si l'on avait pu courir à ses côtés, on l'aurait entendu grommeler sans interruption :

– Sales petites pestes ! Vermisseaux ! Je vous apprendrai, moi…

Les années suivantes, il souffrit encore le martyre. Il semblait que chaque nouvelle classe fût plus insupportable encore que la précédente.

Au début des années 70, la santé de M. Poutifard père déclina brutalement. Incapable de descendre les trois étages, il se confina désormais dans le salon et passa son temps à lire des livres d'histoire sur Napoléon. À l'automne 72, il perdit tout à fait la tête et prétendit chaque matin vouloir « descendre à son travail ».

– Tu es un peu fatigué, le raisonnait sa femme, tu iras demain…

Comment lui expliquer qu'il avait pris sa retraite quinze ans plus tôt et que son cher atelier de confection du rez-de-chaussée était désormais une boutique de photocopies ?

– Ça va mieux…, répétait-il à mesure que la maladie le creusait, je sens que ça va mieux… Et toi, Robert, comment se passent tes cours ?

– Bien, papa, très bien ! mentait son fils pour le ménager.

Un matin, le vieil homme se déclara même tout à fait guéri et insista pour descendre à son atelier. Il se sentait en pleine forme. Comme on l'en empêchait, il projeta de ranger le grenier et d'y installer des étagères. L'après-midi, il était mort.

Robert et sa maman en éprouvèrent beaucoup de chagrin.

– Ah, mon Robert, disait Mme Poutifard, en larmes, heureusement que je t'ai…

– Ne t'en fais pas, maman, la consolait-il. Je ne te quitterai jamais…

Quelques semaines plus tard, en entrant le matin dans sa classe de CM 1, au deuxième étage de l'école des Tilleuls, Poutifard resta figé sur place. Une main anonyme avait écrit en très gros à la craie blanche sur le tableau noir : POUTIFARD ADORE SA MAMAN. Il employa tous les moyens à sa disposition, il tempêta, menaça, mais il ne put jamais obtenir que le coupable se désigne. Rentré chez lui, il en pleura de rage. Comment des petits êtres humains pouvaient-ils se montrer aussi cruels et pervers ?

C'est dans la nuit suivante que l'idée lui vint. Il émergea d'un sommeil agité et se retrouva assis sur son lit, parfaitement réveillé. Trois mots tout simples éclairaient soudain sa détresse : IL SE VENGERAIT !

Il passa le reste de la nuit dans la plus grande agitation. *J'attendrai le temps qu'il faudra*, se dit-il, *j'attendrai patiemment jusqu'au jour de ma retraite afin d'avoir les mains libres, mais elles me le paieront, ces petites pestes ! Je me vengerai ! J'y consacrerai mes jours et mes nuits. J'y sacrifierai s'il le faut toutes mes économies. J'irai les traquer là où ils sont, à trois rues de chez moi ou bien au fond du désert australien, mais je le jure sur la tête de ma chère maman : je me vengerai !*

Il sut aussitôt qu'il trouverait dans ce projet délicieux la force de tout supporter pendant les trente-deux années qui lui restaient à accomplir, depuis les minuscules vexations jusqu'aux plus insupportables affronts. Il se vengerait.

Mise dans la confidence, Mme Poutifard fit du

projet de son garçon une affaire personnelle. Ils prirent ensemble cet engagement solennel et irrévocable : ils se vengeraient ! Dès lors, ils partagèrent le secret et elle se jura de survivre assez longtemps pour « voir ça ». Elle reporta sur son fils tout le dévouement qu'elle avait jusqu'alors témoigné à son vieux mari. Elle lui cuisina chaque jour les meilleurs petits plats, elle veilla à ses vêtements, à son linge, à sa bonne santé. Elle l'aida à tenir ses « fiches », elle l'exhorta à retourner jour après jour devant ses classes et, s'il venait à fléchir, à désespérer, alors elle le réconfortait d'un sourire ou d'un simple clin d'œil qui voulaient dire : « Ne t'en fais pas, mon Robert. Leur moment viendra. Ils paieront... »

3
Pierre-Yves Lecain

De tous les élèves qui défilèrent durant trente-sept années scolaires dans la classe de CM 1 de Robert Poutifard, au deuxième étage de l'école des Tilleuls, Pierre-Yves Lecain, année 66-67, fut un de ceux qu'il détesta le plus. Fils unique d'un restaurateur bien connu dans la région, ce jeune cancre prétentieux ne venait à l'école que pour y afficher sa suffisance. À l'exemple de son père, il méprisait ouvertement les enseignants en général et Poutifard en particulier. Certain par avance d'hériter le restaurant paternel et la fortune qui allait avec, il aurait été bien stupide de s'abaisser à étudier l'histoire, l'orthographe et autres matières inutiles. Son seul intérêt allait au calcul mental, sans doute dans la perspective de compter plus rapidement ses bénéfices, plus tard.

Par la faute de ce *petit merdeux*, comme il le nommait en secret, Poutifard avait vécu, un certain 14 avril 1967, une des journées les plus noires de sa carrière. À vrai dire, il ne s'en était jamais vraiment remis.

Une précision d'abord : on doit savoir que les maîtres et les maîtresses reçoivent parfois la visite d'un inspecteur. Celui-ci vient passer quelques heures dans leurs classes pour leur donner des conseils et… une note. Les maîtres et les maîtresses devraient être contents de recevoir des conseils. Eh bien pas du tout : au contraire ils ont peur quand l'inspecteur arrive. Ils craignent d'avoir une mauvaise note.

Robert avait vingt-six ans et il achevait sa cinquième année d'enseignement en CM 1, quand il apprit un mardi qu'il serait inspecté le vendredi. Il déclencha aussitôt une violente irruption de boutons et trempa de sueur deux paires de draps pendant la nuit.

– Tu t'inquiètes trop, Robert, le gronda son père qui était encore en vie dans ces années-là.

– Je te ferai revoir tes tables jeudi, promit sa mère.

Et c'est ce qu'ils firent : toute la matinée la table de 7, l'après-midi celle de 8 et le soir après dîner celle de 9, la plus terrible quand on doit la dire dans le désordre. Robert se coucha épuisé et ne ferma pour ainsi dire pas l'œil de la nuit.

À 8 h 30 pétantes, l'inspecteur entrait dans la salle des maîtres et c'était… une inspectrice. Perchée haut sur deux longues et belles jambes brunes, et serrée dans un taillleur rose fuchsia, elle ressemblait à une hôtesse de l'air. Poutifard, que les femmes intimidaient beaucoup, en avala sa salive de travers. Il aurait de loin préféré un vieux ronchon antipathique.

– Mlle Stefani, inspectrice de l'Éducation nationale, le salua-t-elle en glissant sa douce main dans l'énorme patte de Poutifard. Je suis enchantée de faire votre connaissance !

– Moi z'aussi ! répondit-il, décontenancé par le sourire de la dame.

Il eut beau corriger sa faute de liaison dans la seconde qui suivit – « moi aussi » – le rouge lui avait sauté aux joues et il ne parvint pas à le faire disparaître avant la récréation de 10 h 30.

Dans la classe, l'inspectrice se présenta aux enfants avec aisance et naturel :

– Rassurez-vous, je viens simplement rendre une petite visite à votre maître. Faites comme si je n'étais pas là.

À la suite de quoi, elle tangua joliment jusqu'au fond de la classe où elle prit place, jambes croisées, sur la chaise prévue pour elle. Elle tira de son sac un simple carnet et un stylo, puis elle adressa à Poutifard un battement de cils affolant qui signifiait : « Allez-y, je vous regarde et je vous écoute… »

Jusqu'à la récréation, cela ne se passa pas si mal. Ils firent une dictée et révisèrent le passé composé : je mange, j'ai mangé ; j'arrive, je suis arrivé. Les enfants travaillèrent assez bien. Le jeune Lecain, d'ordinaire si prompt à provoquer, se montra étrangement sage et obéissant.

– Au fond, finit par songer Poutifard, il n'est pas aussi mauvais que ça. Il comprend bien que ce jour est déterminant pour moi. Cet après-midi je le remercierai, tiens…

Pendant la récréation, on offrit dans la salle des maîtres un café à l'inspectrice, et les collègues lancèrent à Poutifard des regards envieux qui voulaient dire : « Te voilà en belle compagnie, Robert ! » Bien qu'il n'y fût pour rien, il en conçut une certaine fierté et, de retour dans sa classe, il éprouva quelque chose qui ressemblait presque à de l'assurance.

– Mathématiques ! annonça-t-il d'une voix ferme.

Le drame survint aux alentours de 10 h 40 et la main levée de Pierre-Yves Lecain, au dernier rang, en marqua le début.

– Monsieur, combien font 7 × 9 déjà ?

Dans son œil brillait par avance le plaisir sadique de voir son maître humilié. Un frémissement parcourut la classe : Pierre-Yves Lecain avait osé !

N'importe quel enseignant aurait réglé le problème en quelques secondes : « Mon petit Pierre-Yves, si tu ne le sais pas, c'est que tu n'as pas appris ta leçon. Allons, les autres, combien font 7 × 9 ? »

Un enfant aurait levé le doigt et répondu : « 63, maître. »

Et on serait passé à la suite. Mais Poutifard n'était

pas un enseignant ordinaire. Lancer un 7 × 9 à l'improviste à ce colosse de 128 kg, c'était comme agiter une souris vivante sous la trompe d'un éléphant : petites causes, grands effets.

– 7 × 9... bafouilla-t-il, eh bien ça fait... euh...

Les trente enfants de la classe de CM 1 s'étaient figés et ils fixaient leur maître avec inquiétude. Eux connaissaient la réponse et les doigts se levèrent les uns après les autres pour la donner. L'inspectrice fronça les sourcils : il se passait là quelque chose d'inhabituel.

Dans un silence effroyable, Poutifard fit un effort désespéré :

– *Voyons... 7 × 9, c'est comme 9 × 7... table de 9... on ajoute 10 et on enlève 1 à chaque fois... maman, oh maman aide-moi... partons de 9 × 5, ça je l'ai en tête c'est 45... 9 × 6 feront donc 45 plus 10 : 55, moins 1 : 54... et 9 × 7 feront... qu'est-ce que j'ai dit avant : 54 ou 53 ? maman, oh maman...*

En désespoir de cause, et parce que le silence devenait insupportable dans cette forêt de bras dressés, il tenta sa chance :

– 7 × 9 ? Eh bien... 122.

Si l'inspectrice n'avait pas été là, la classe entière aurait éclaté de rire et l'aurait obligé à hurler une fois de plus : « Taisez-vous ! Taisez-vous, je vous dis ! »

Là, ce fut pire. Les enfants restèrent muets et se tournèrent tous vers l'inspectrice, comme pour la prendre à témoin : « Vous avez entendu, madame, notre maître ne connaît pas ses tables. Qu'allez-vous faire ? »

Poutifard commit alors l'irréparable : il fit comme s'il avait simplement péché par étourderie et il tenta de se corriger :

– Pardon, je voulais dire 94…

Des ruisseaux de sueur commencèrent à lui dégouliner sur les tempes. L'inspectrice le dévisageait de ses beaux yeux verts étonnés. Il sentit qu'il allait avoir un malaise.

– Il fait… il fait chaud, n'est-ce pas ? bredouilla-t-il. On étouffe… Je vais…

Et il se précipita vers la fenêtre pour l'ouvrir…

Il faut savoir maintenant que près de cette fameuse fenêtre était installée au premier rang la chétive, fragile, délicate et méritante Catherine Chausse. Fille aînée d'une modeste famille nombreuse, la fillette ne ménageait pas sa peine pour s'occuper de ses six frères et sœurs. Souvent absente pour cause de maladie ou d'épuisement, Catherine n'en était pas moins la meilleure élève de sa classe, surtout en français où elle excellait. Elle se montrait en toute occasion parfaitement polie, attentive aux autres et surtout pleine de respect et d'affection pour son maître. Peu habitué à susciter de tels sentiments, celui-ci s'était presque attaché à cette petite élève pâlichonne, discrète et tellement sensible. Il s'avança vers la fenêtre, donc. Et voilà ce qui advint, hélas :

Robert Poutifard, 1,96 m et 128 kg, ouvrit la

fenêtre avec une telle énergie que l'angle aigu du battant entailla l'arcade sourcilière de la petite Catherine Chausse, 1,22 m et 27 kg, sur cinq bons centimètres. Elle poussa un terrible hurlement et son visage se couvrit de sang.

– Merde ! jura Poutifard.

Dès lors, tout lui échappa. Une moitié de la classe se précipita dans le couloir pour aller chercher de l'aide. L'autre moitié s'agglutina autour de la malheureuse Catherine pour lui porter secours. Elle était toujours assise à sa place, gémissante et barbouillée de sang. Ses lunettes étaient brisées.

– Du calme ! Du calme ! criait Poutifard, mais personne ne l'écoutait.

La voisine de table de Catherine, la petite Brigitte Lavandier, s'affaissa lentement et s'effondra finalement sur le carrelage.

– Maître ! Maître ! Brigitte est tombée dans les pommes ! s'écrièrent les élèves.

Poutifard se pencha sur la fillette pâle comme un linge, et lui donna des tapes sur la joue. Comme elle ne revenait pas, il la gifla plus énergiquement. Mais l'urgence était ailleurs : sur son cahier de mathématiques impeccablement tenu, Catherine Chausse se vidait de son sang.

Dans la confusion générale, Poutifard eut alors par miracle un éclair de pensée lucide : il fallait appeler un docteur, et vite ! Il s'élança à travers la classe, renversant tables et chaises, pour atteindre le téléphone.

Hélas, en voulant saisir le combiné, il donna de son énorme avant-bras un coup si violent à l'aquarium que celui-ci bascula au sol. Les vitres explosèrent et les cent vingt litres d'eau se répandirent sur le carrelage avec les sept poissons, dont le gros Pouf-Pouf que les enfants adoraient parce qu'il avait toujours l'air de sourire.

L'inspectrice, qui jusque-là s'était tenue au fond de la classe sans intervenir, jugea qu'il était temps de faire quelque chose : elle se jeta dans la mêlée. Elle eut tort. En effet, elle n'avait pas parcouru deux mètres que le talon de sa chaussure gauche fusa sur le gros Pouf-Pouf qui se tortillait par terre, et elle chuta lourdement sur le dos, dans l'eau et les bris de verre, découvrant très haut et à tout le monde ses jolies jambes brunes. En voulant lui porter secours, Poutifard glissa à son tour sur un poisson et s'affala de tout son long... sur l'inspectrice qui se mit à hurler. À cet instant précis, le directeur de l'école, alerté par des élèves, fit son entrée dans la classe.

Le bilan de cette charmante matinée fut le suivant :

• La jeune Catherine Chausse reçut quatorze points de suture au front et resta absente de l'école deux semaines entières. Ses lunettes durent être changées.

• La petite Brigitte Lavandier s'en tira avec une mâchoire démise et un hématome à la joue gauche.

• Mlle Stefani, inspectrice de l'Éducation nationale, fut soignée à l'hôpital Nord pour de multiples blessures au dos causées par des bris de verre, et sur-tout pour une vilaine fracture du cubitus droit qui lui valut cinq semaines de plâtre et deux mois et demi de rééducation.

• M. Robert Poutifard, maître de CM 1, obtint la pire note d'inspection qu'on ait jamais attribuée à un instituteur.

• Les sept poissons moururent.

4
Le cousin Gérard

Retrouver Pierre-Yves Lecain, même trente-deux ans plus tard, ne fut pas difficile. Il suffisait depuis quelques mois d'ouvrir le premier magazine venu pour voir surgir la mine réjouie de celui qui occupait la première place sur la liste de vengeance de Robert Poutifard. Et les éloges ne manquaient pas :

PIERRE-YVES LECAIN ÉLU CHEF DE L'ANNÉE…

UN CUISINIER FRANÇAIS À LA CONQUÊTE DE L'AMÉRIQUE : PIERRE-YVES LECAIN.

BIENTÔT UNE TROISIÈME ÉTOILE POUR PIERRE-YVES LECAIN ET SON VIEUX MANOIR ? CE SERAIT JUSTICE…

Je vais t'en faire voir des étoiles, moi, grommelait Poutifard en parcourant les articles. Sur toutes les photographies, Lecain fixait l'objectif avec arrogance, les bras croisés sur la poitrine, le menton en avant. En voilà un qui n'était pas mécontent de lui ! Il avait la quarantaine maintenant, et un léger embonpoint.

– Regarde, maman, regarde ! s'énervait Poutifard. Il a grossi, le bougre, mais on le reconnaît bien, et c'est toujours la même canaille, va ! Oh, rien que de le voir, j'en tremble…

– Calme-toi, Robert. Tu fais monter ta tension, et tu défais mon lit…

Depuis quelques mois, la vieille dame, qui atteignait maintenant les quatre-vingt-huit ans, ne quittait plus guère sa chambre. Elle s'aventurait parfois jusqu'au salon, mais ses jambes la trahissaient vite et son fils devait la soutenir pour l'aider à regagner son lit. Elle avait renoncé, la mort dans l'âme, à préparer les repas. La force lui manquait. C'est Robert, désormais, qui s'y était mis. De la cuisine à la chambre, de la chambre à la cuisine, portes ouvertes, leur dialogue empruntait le couloir :

– J'ai fait revenir les oignons, maman. Je mets le rôti maintenant ?

– Oui, tu le fais bien dorer de tous les côtés.

– À feu vif ?

– Oui, très vif. Mais que ça n'attache pas quand même… Rajoute un peu d'eau s'il le faut.

– Tu en mangeras un petit morceau, maman ?

– On verra…

C'était tout vu. La plupart du temps, elle se

contentait d'un bouillon de légumes et d'un petit dessert, biscuit ou compote. Robert s'en inquiétait.

– Ne t'en fais pas pour moi, le rassurait-elle. Il y a si longtemps que j'attends ça. Je ne vais pas lâcher maintenant. Je vais me requinquer, tu verras… Donne-moi un peu ces magazines que je regarde la tête qu'il a…

Selon les journalistes, le fils Lecain avait désormais dépassé son père. *Le Vieux Manoir* avait acquis avec lui une renommée internationale. En tout cas, il était devenu une des meilleures tables de France. Le restaurant se trouvait dans la campagne, à vingt minutes de voiture. Poutifard, qui n'y était jamais allé de sa vie, résolut d'y faire une petite visite de reconnaissance. Le soir même, il décrocha le téléphone qui se trouvait sur le guéridon du vestibule et composa le numéro. Son cœur battait fort. L'aventure commençait !

– Robert, mets le haut-parleur, s'il te plaît ! appela sa mère depuis la chambre.

Après une brève attente musicale, une douce voix féminine se fit entendre au bout du fil :

– *Le Vieux Manoir*, bonsoir…

– Bonsoir mademoiselle, j'aimerais réserver une table s'il vous plaît.

– Pour quel jour ?

– Euh… pour ce soir.

– Nous sommes complets jusqu'à la fin du mois prochain, monsieur…

– Ah… eh bien, pour le mois prochain alors…

Il raccrocha, honteux et furieux contre lui-même. Le combat était à peine engagé qu'il avait déjà trouvé le moyen de se ridiculiser. Sa mère le gronda :

– Robert ! Tu croyais peut-être aller casser la croûte au routier qui est sur la nationale ? Ah, si je n'étais pas si faible, je t'aurais bien accompagné… J'ai tellement peur que tu t'y prennes mal.

Un mois plus tard, le 27 juillet au soir exactement, Robert se rendit donc tout seul au *Vieux Manoir*, vêtu de son meilleur costume, rasé de près et copieusement aspergé d'eau de toilette. Il gara sa 2 CV jaune à bonne distance du restaurant et finit le chemin à pied à travers le vaste parc planté de cèdres.

– C'était bon ? lui demanda sa mère en l'entendant rentrer vers 11 h.

– C'était cher ! répondit-il depuis le couloir. Je te raconterai demain…

Et il alla se coucher avec un Alka-Seltzer.

À vrai dire, il était de très mauvaise humeur car il n'avait guère profité du repas. D'ailleurs, par la suite, il ne se rappela même plus ce qu'il avait mangé. Tout au long de la soirée, son énergie entière s'était concentrée sur une seule pensée, obsédante : comment nuire le plus possible à Pierre-Yves Lecain sans se faire prendre… ? Tout paraissait si merveilleusement bien réglé dans ce restaurant qu'on n'avait aucune envie de troubler la belle ordonnance. Le ballet des serveurs, efficaces et discrets, vous donnait le sentiment d'être apprécié, respecté, mieux : le sentiment d'être quelqu'un d'important. La bonne nourriture, l'atmosphère feutrée, tout vous enveloppait d'une douce quiétude. Lecain était apparu dans la salle après les desserts et il était allé de table en table, saluant tous ses clients avec courtoisie. Il avait reçu des compliments en anglais, en allemand, et même en japonais.

En le voyant s'avancer vers lui, Poutifard s'était soudain senti très inquiet : *Et s'il venait à me reconnaître ! J'ai perdu mes cheveux bien sûr et j'ai vieilli, mais sait-on jamais…*

Par chance, le grand cuisinier avait seulement murmuré :

– Bonsoir monsieur, ça allait ?

Et Poutifard avait bredouillé comme un imbécile :

– Merci, c'était bien bon…

Dans les jours qui suivirent, Robert et sa maman se creusèrent en vain la cervelle. Mme Poutifard ne manquait pas d'idées de vengeance, mais elles étaient toutes plus saugrenues les unes que les autres. De véritables farces de chenapan. Elle imagina par exemple d'empoisonner les potages, de mettre du savon noir sur le sol pour que les serveurs glissent dessus, de faire éclater une boule puante dans la salle… C'était surprenant de voir cette vieille dame de quatre-vingt-huit ans allongée sur son lit demander avec le plus grand sérieux :

— Et si nous mettions des coussins péteurs sur les chaises, Robert ?

— Maman ! se désolait Poutifard.

— Quoi, maman ? répliquait-elle. Moi au moins je propose ! Tu ne dis rien, toi…

Et c'est vrai qu'il ne disait rien. Qu'aurait-il dit d'ailleurs puisque aucune bonne idée ne lui venait ? Une semaine se passa ainsi, puis le hasard s'en mêla.

La 2 CV de Poutifard se mit à « taper » à l'avant. Côté gauche, lui sembla-t-il. Il se rendit donc en roulant à faible allure, afin de ne pas aggraver la panne, chez son cousin Gérard, patron du *Garage de la Place*, à dix minutes de chez eux. Il y fut accueilli comme d'habitude par Bourru, le grand chien bâtard à poils longs, qui lui posa aussitôt les deux pattes avant sur la poitrine. Cette bête boulimique, crasseuse et haute comme un jeune veau était en permanence éperdue d'affection : elle déchirait vos vêtements de ses griffes, vous léchait le visage, vous trempait de salive et aboyait à pleine voix en remuant frénétiquement la queue. La seule façon de s'en débarrasser était de lui donner quelque chose à manger. N'importe quoi. De la nourriture de préférence, mais une boule de papier ou une poignée de feuilles mortes faisaient aussi l'affaire pourvu qu'on lui dise : « Tiens, mange ! » en les lui jetant.

— Bourru, descends ! se défendit Poutifard qui se félicita d'avoir mis sa vieille tenue de bricolage en prévision de l'attaque amoureuse de l'animal, et il lui jeta un quignon de pain sec.

Puis il s'avança en évitant de son mieux les flaques d'huile de vidange et les chiffons graisseux qui jonchaient le sol. Pendant ce temps, Bourru, littéralement fou de joie de recevoir la visite d'un ami, levait la patte sur tout ce qu'il trouvait sur son passage : une boîte à outils ouverte, un siège arrière de Visa, une batterie en charge…

Quand on entrait dans le *Garage de la Place*, on entendait toujours Gérard bien avant de le voir. Cet homme de quarante-cinq ans passait une bonne moitié de son temps de travail à jurer d'une voix surpuissante :

– N… de… d'espèce de… de bagnole pourrie !

Ou bien :

– Saleté de p… de tas de ferraille !

Il s'était spécialisé dans la réparation bon marché des vieilles voitures fatiguées que les grands garages n'acceptaient plus. Il les retapait à grands coups de marteau et de jurons. Et, quand vous veniez chercher votre véhicule, il donnait devant vous un vigoureux coup de godasse dans la carrosserie en hurlant :

– Me la ramène pas ! J'veux plus jamais la voir ici, cette caisse !

Cette fois, Gérard émergea de sous une Citroën BX cabossée. Il tendit à Robert un avant-bras encore plus dégoûtant que sa main et brailla un sonore :

– Qu'est-ce qui t'amène, cousin ?

– C'est ma 2 CV, répondit Poutifard. Elle tape à l'avant. Côté gauche il me semble.

C'est sur le chemin du retour, effectué à pied, que l'idée germa dans l'esprit de Poutifard. Elle l'amusa tellement qu'il en garda toute la journée un petit sourire en coin. Au dîner, il l'avait encore.

– Qu'as-tu ? demanda sa maman en sirotant son bouillon de légumes à petites gorgées, adossée à deux oreillers. On dirait que tu mijotes quelque chose.

– Oui, maman. Je crois bien que j'ai trouvé mon 7 × 9...

– Ton 7 × 9 ?

– Mais oui ! Rappelle-toi : le jour de l'inspection, il y a trente-deux ans, Lecain s'est contenté de me demander combien faisaient 7 × 9. Il n'a rien fait d'autre que cela. Et les catastrophes se sont enchaînées. Je voudrais lui rendre la pareille et mon 7 × 9, ce serait... mon cousin Gérard !

– Ton cousin Gérard ?

– Mais oui ! Tu connais le phénomène ! Je le lâcherais dans *Le Vieux Manoir* comme on lâche un cochon dans un champ de maïs, un rhinocéros dans un magasin de cristal, un gorille dans une salle d'opération... Avec lui, tout est possible. Imagine, maman !

– Oh oui, j'imagine ! murmura Mme Poutifard en plissant les yeux. Et il serait accompagné de son chien Bourru bien évidemment !

– Mais oui ! rugit Poutifard. Bien sûr que Bourru

doit y être aussi ! Je n'avais pas osé y penser. Maman, oh maman ! Tu es géniale !

Il se pencha sur le lit et l'embrassa avec tant de fougue qu'il en renversa le bol de compote sur le plateau.

– Ce n'est pas grave, dit-elle. Apporte-m'en un autre s'il te plaît. Avec un biscuit en plus, tiens. Je ne sais pas ce qui m'arrive, mais il me semble que l'appétit me revient !

Ils passèrent une partie de la nuit à établir leur plan. L'idée de voir Bourru faire irruption dans la salle de restaurant du *Vieux Manoir* les mettait presque en transe. Poutifard en trépignait d'excitation et sa maman faillit à plusieurs reprises s'en étouffer de rire.

– Oh ! Je le vois ! Je le vois ! disait-elle en se tenant le ventre et en essuyant ses larmes.

Un détail cependant tempérait leur ardeur : comment introduire cette bête dans le restaurant ? Ils tournèrent et retournèrent la question cent fois dans tous les sens, et finalement il leur sembla que c'était tout à fait réalisable.

Deux jours plus tard le téléphone sonna et la voix tonitruante de Gérard retentit dans l'écouteur :

– C'est réparé, Robert ! C'était le cardan. Si tu veux récupérer ton tas de boue, t'as qu'à te pointer !

Poutifard s'y rendit à la course tant il avait hâte d'engager la lutte avec Lecain. Au moment de régler la facture, dans le bureau noir de crasse où pendouillaient des calendriers vieux de quinze ans, il jeta mine de rien :

– Au fait, Gérard, voilà longtemps que tu répares ma voiture. Je voudrais te remercier. Si tu veux bien, je vous offre un repas au *Vieux Manoir*, à Monique et à toi. Qu'en dis-tu ?

– *Le Vieux Manoir* ! C'est chez… comment il s'appelle déjà… Jean-Pierre Requin, non ?

– Presque, corrigea Poutifard, il s'appelle Pierre-Yves Lecain.

– Oui, Lecain, c'est pareil. Et tu veux nous payer un casse-croûte chez ce type-là ! Tu as gagné au loto ou quoi ?

– Je n'ai pas gagné au loto. Je pense que vous le méritez bien, c'est tout. Alors, c'est oui ? Allez, ça me fera plaisir…

– Ben, si tu insistes… d'accord. J'annonce ça à Monique en rentrant. Elle va être folle ! On va jamais au restaurant, tu comprends… On va jamais nulle part, d'ailleurs…

Cette constatation lui rappela aussitôt un inconvénient majeur.

– Et le chien ? Qu'est-ce qu'on en fera ? Tu sais comme il est affectueux, il ne supporte pas de rester seul plus d'un quart d'heure. Sans compagnie, il déprime…

– Nous le garderons, maman et moi.

Gérard leva des yeux ébahis vers son cousin. C'était la première fois que quelqu'un se proposait de garder Bourru.

47

– Ah bon ? Mais tu ne viendrais pas avec nous ?

– Non, répondit Poutifard. Je n'aime pas laisser maman toute seule, et puis comme ça vous serez en amoureux, Monique et toi…

Au même moment, un vacarme épouvantable éclata dans l'atelier. Les deux hommes se précipitèrent : Bourru venait de faire dégringoler une trentaine de bidons métalliques de cinquante litres qui roulaient en tous sens, écrasant tout sur leur passage. Ils mirent une bonne demi-heure à remettre une apparence d'ordre, puis ils revinrent au bureau.

– Tu disais ? reprit Gérard.

– Je disais que nous garderons Bourru, maman et moi.

Gérard se gratta la tête de ses ongles noirs, pensif.

– Et… t'as pas peur qu'il vous casse un bibelot ? On sait jamais… un coup de queue…

Poutifard réserva le soir même une table de deux personnes au *Vieux Manoir* au nom de M. et Mme Gérard Sambardier. La date fut fixée au 27 août en soirée, la Sainte-Monique justement, ça tombait bien. Ce serait long d'attendre jusque-là…

5
La première vengeance

L'été touchait à sa fin. Tandis que tous les maîtres et toutes les maîtresses d'école de France songeaient déjà à la rentrée prochaine, Robert Poutifard, lui, était à mille lieues de ces préoccupations. Il passa la dernière quinzaine d'août à préparer avec soin la soirée tant attendue. Le sourire moqueur du jeune Pierre-Yves Lecain, dont il avait découpé et collé la photographie sur son cahier de vengeance, stimulait son énergie. *Attends un peu, mon garçon, attends... Je ne sais peut-être pas multiplier les chiffres par 7, mais je saurai bien multiplier tes ennuis par 12 !* Sur les pages suivantes, il nota les moindres détails de son projet et son avancement jour après jour :

Repérage lieux : FAIT
Invitation Gérard et Monique : FAIT
Réservation Vieux Manoir : FAIT
Proposition garder Bourru : FAIT
Installation grille 2 CV : FAIT

Préparation matériel :

Petite échelle : OUI
Paire de jumelles : OUI
Vêtement de pluie (au cas où) : OUI
Bouteille de champagne (en cas de succès) : OUI

Poutifard n'en pouvait plus d'attendre lorsque le 27 août au soir, vers 19 h 30, Gérard beugla enfin dans l'interphone :

– C'est moi ! Je t'amène le chien !

Robert descendit aussitôt et trouva Bourru et son maître à l'entrée de l'immeuble.

– Toujours d'accord pour garder la bête, cousin ? Pas de regret ?

– Pas de regret, assura Poutifard en empoignant la laisse. Ce qui est dit est dit. Passez une bonne soirée, tous les deux, et régalez-vous bien ! La note est pour moi.

En guise d'adieu, Gérard donna une grande claque sur le flanc de son chien.

– Allez, brigand ! Et tiens-toi bien surtout ! Pas de casse, hein ?

Oh si, songea Poutifard, *beaucoup de casse, mon Bourru ! Le maximum de casse…*

Malgré ses 135 kg et sa force physique, il eut toutes les peines du monde à retenir l'animal qui s'étranglait au collier pour rejoindre son maître. Il réussit à le traîner jusqu'à la 2 CV garée à proximité, dans la contre-allée du boulevard, et il le hissa à bras-le-corps dans le coffre capitonné pour l'occasion.

– Voilà, mon toutou ! Tu vas le revoir bientôt, ton maître, je te le promets. Et tu auras même une belle surprise : là où je t'emmène, tu trouveras plein de bonnes choses à manger !

Il remonta à la course au troisième étage et entra, hors d'haleine, dans la chambre de sa mère.

– Maman, tout va bien : le missile est déjà en route vers son objectif. Quant à la bombe atomique, elle est dans le coffre de la 2 CV.

– Oh Robert ! gémit-elle. C'est notre première vengeance. J'aimerais tellement qu'elle réussisse… Il y a si longtemps que nous espérons, tous les deux…

Il patienta une demi-heure environ, le temps qu'il estima nécessaire à Gérard et Monique pour se faire une beauté et se rendre au *Vieux Manoir*. Puis il embrassa sa mère sur le front, avec douceur.

– J'y vais, maman. À tout à l'heure.

– Bonne chance, mon garçon… lui répondit-elle tendrement. Je suis aussi émue que le jour où tu es parti passer ton baccalauréat…

Dans le coffre, Bourru menait grand tapage. Il avait déjà mis en pièces la garniture du siège arrière et arrosé le tapis de sol. Maintenant, il aboyait comme un forcené et tentait de passer sa tête à travers la grille de séparation. Tout le quartier allait bientôt être ameuté : Poutifard démarra sur les chapeaux de roues.

Au *Vieux Manoir*, la soirée s'annonçait délicieuse. On avait ouvert grand les baies vitrées afin de profiter des senteurs du parc et de la douceur de la nuit. Toutes les tables étaient réservées, bien entendu, et les premiers clients, ravis d'être là, se glissaient à pas feutrés dans la grande salle. Or le hasard, qui est un coquin, s'invita par surprise. Pierre-Yves Lecain était en train de pocher un poisson en cuisine lorsqu'un serveur s'approcha discrètement.

– Chef, je crois bien qu'on a de la visite : c'est Maleysson, le critique gastronomique. Il est grimé mais je l'ai reconnu à sa façon de tambouriner sur la table avec son index et son majeur, comme ça…

– Tu es sûr ? Il est à quelle table ?

– À la 3, sous la baie vitrée, tout seul.

– À quoi il ressemble ce soir ?

– Il a une petite moustache et des lunettes cerclées. Il a déjà sorti son carnet. Il regarde tout et il prend des notes. Qu'est-ce qu'on fait ?

– Rien. Faites comme si vous ne l'aviez pas reconnu et traitez-le comme les autres clients.

– Bien, chef.

Malgré l'air détendu affiché devant son serveur, Lecain avait ressenti une vive émotion. La soirée serait décisive pour l'avenir de son *Vieux Manoir*. Ou bien l'exigeant Maleysson appréciait le repas et c'était la flatteuse, prestigieuse et merveilleuse troisième étoile. Ou bien il était déçu et tout était repoussé d'une année au moins. Le chef respira profondément, fit claquer ses doigts et lança à toute l'équipe présente dans la cuisine :

– Vous avez entendu, les gars ? On a de la visite. Alors on s'applique ce soir ! Le sans-faute, s'il vous plaît !

– D'accord, chef ! Entendu, chef ! répondirent tour à tour les cuisiniers, les serveurs et le sommelier.

À cet instant précis, Gérard Sambardier et sa femme Monique, précédés par une charmante hôtesse d'accueil, firent leur entrée dans la salle de restaurant. Gérard, garrotté par une cravate bordeaux et boudiné dans son costume de mariage trop étroit de deux tailles, fit retourner les clients déjà installés en leur lançant un sonore :

– Bonsoir la compagnie !

Monique, dans une robe à fleurs moulante, diffusait sur son passage des effluves de parfum à vous faire tourner de l'œil. Ils prirent place à la table n° 4, tout près de Maleysson. À peine assis, Gérard sortit de sa poche droite une petite boîte d'allumettes et la plaça à côté de son assiette.

– C'est quoi ? demanda Monique. T'as plus ton briquet ?

– T'occupe ! répondit Gérard en lui adressant un clin d'œil appuyé. J'ai là de quoi alléger la note à Robert… Tu vas voir l'artiste…

Maleysson jeta un regard assassin aux deux arrivants et se replongea dans l'étude du menu.

À moins de cinquante mètres de là, dans le parc paysager, Robert Poutifard était assis à califourchon sur la branche basse d'un cèdre et pointait ses jumelles en direction du *Vieux Manoir*. Depuis ce poste d'observation, il avait une vue imprenable à la fois sur la salle de restaurant et sur les cuisines.

Un peu plus loin, dans le coffre de la 2 CV jaune garée au bout du parking, Bourru, devinant sans doute son maître tout proche, aboyait à s'en casser la voix et s'agitait tellement que la voiture tanguait sur ses suspensions.

Ainsi tous les acteurs étaient-ils parfaitement en place. Il était 20 h 15 et la pièce pouvait commencer.

Les trois coups furent donnés par Monique qui, aussitôt assise, éprouva le besoin d'aller aux toilettes. Elle se tourna vers Maleysson et l'apostropha d'une voix forte :

– Pardon m'sieur. Vous sauriez où est le petit coin ?

– Non ! répondit le célèbre critique gastronomique sans même lever les yeux vers elle.

Et il tambourina de plus belle sur la table, de tous ses doigts cette fois-ci.

– Merci pour votre amabilité ! se vexa Monique. Je trouverai sans vous, va...

– Oui, ajouta Gérard pour détendre l'atmosphère. De toute façon : quand faut y aller, faut y aller !

Et il éclata d'un rire tonitruant qui fit sursauter un couple d'Américains venus tout exprès de Boston pour dîner au *Vieux Manoir*. Monique s'éloigna en laissant à nouveau derrière elle la trace parfumée de son passage. À son retour, elle fut surprise de ne plus voir Gérard à leur table. Elle resta plantée au milieu de la salle, les mains sur les hanches et cherchant de tous côtés.

– Ben ! Où il est passé, ce bougre d'âne ?

Comme personne ne lui répondait, elle se tourna vers une table occupée par quatre hommes d'affaires japonais.

– Dites, vous auriez pas vu mon homme, par hasard ?

Un serveur se précipita pour lui expliquer que monsieur était allé fumer une cigarette au salon.

– Il aurait pu le dire, cet enfoiré ! tonna-t-elle en regagnant sa place. Je reviens tranquillement des cabèches, et fft ! plus personne ! Ah, ça fait plaisir...

Un peu plus tard, réconciliés, ils commandèrent en apéritif un kir royal que Gérard descendit cul sec et commenta d'un délicat :

– Aaaah, ça fait du bien par où qu'ça passe !

À la suite de quoi, il se leva à son tour pour aller visiter les toilettes qui, selon Monique, étaient « très propres ».

Maleysson, à la table voisine, était visiblement excédé. L'entrée qu'il avait choisie : « Noix de veau au coulis de truffe », descendit de travers et il nota rageusement quelques lignes de commentaires sur son carnet.

L'information circula vite jusqu'aux oreilles de Pierre-Yves Lecain : il y avait en salle deux sauvages primitifs sur le point de gâcher le repas de Maleysson. Le chef mesura la gravité de la situation et ordonna au personnel de faire le maximum, mais en douceur, pour calmer ces rustres avant le scandale. Il interviendrait en personne s'il le fallait. Qu'on le tienne au courant ! Le malheureux ignorait qu'à cet instant même l'incorrigible Gérard faisait glisser de sa boîte d'allumettes une mouche morte dans l'assiette de Monique remplie d'un délicieux « Velours de fenouil à la citronnelle » :

— Tu permets, chérie ?

— Gérard, c'est dégoûtant !

— Peut-être, mais je te garantis qu'après ça ils vont faire un prix d'ami à mon cousin Robert ! Tu vas voir… Garçon ! Garçon !

Le serveur fut là dans la seconde.

— Monsieur ?

— Dites-moi, jeune homme, est-ce que je suis miro, ou bien est-ce qu'il y a vraiment une mouche dans le potage à Monique ?

Le serveur se pencha sur l'assiette et pâlit :

— Oh mon Dieu !

Entre-temps, Gérard avait cueilli l'insecte du bout de son couteau et le brandissait bien haut.

– Ça se mange, ça, messieurs dames ? C'est le plat de viande ou quoi ?

– Je suis confus, monsieur. Je vous change immédiatement l'assiette.

– Tss tss ! l'arrêta Gérard. Allez me chercher le patron. Je veux voir M. Requin !

– M. Lecain passera vous voir en fin de soirée…

– Et moi je veux le voir tout de suite ! ça tombe mal, hein ?

– Je vais lui demander…

– C'est ça, et faites vite.

6
Bourru se déchaîne

Depuis son arbre, Robert Poutifard devina que quelque chose ne tournait pas rond au *Vieux Manoir* et, quand il vit dans ses jumelles Pierre-Yves Lecain en personne se diriger vers la table de son cousin, il décida de passer à la seconde phase de son plan. D'un bond, il fut au bas de l'échelle et il courut à toutes jambes à la 2 CV qui semblait ballottée par une tempête. Dans le coffre, Bourru était comme fou. Poutifard n'eut même pas le temps de saisir la laisse que l'animal cavalait déjà ventre à terre en direction du restaurant. D'instinct, il se dirigea droit vers les baies ouvertes.

– Vas-y, Bourru ! lui hurla Poutifard. Vas-y ! Régale-toi ! Mange ! Casse ! Salis tout ce que tu peux ! VENGE-MOI !

Il pensa à sa vieille maman qui attendait patiemment dans sa chambre. À son pauvre père dans le cadre en bois. Il pensa aux trente-sept années de souffrance supportées devant les classes. Il se revit, piteux et désespéré le matin de l'inspection : 7 × 9… *Et bien ça fait, euh… ça fait…* Il revit l'insupportable sourire du jeune Lecain au fond de la classe.

– Fonce, mon Bourru ! Casse tout ! Déchaîne-toi ! VENGE-MOI !

Il imaginait le pire avec délectation, mais la performance de Bourru dépassa toutes ses espérances. Arrivée à la baie vitrée, l'énorme bête exécuta un bond prodigieux et disparut à l'intérieur. Poutifard courut vers son arbre aussi vite que le lui permettait son poids et gravit l'échelle en deux enjambées, mais hélas il arriva trop tard pour assister à l'atterrissage de Bourru. Voici très exactement ce qu'il rata :

Maleysson, au comble de l'exaspération, avait décidé d'ignorer tout ce qui se passait sur sa droite. Il n'allait tout de même pas se laisser gâcher la soirée par ces deux indécrottables goujats. Il entreprit de se concentrer à nouveau et de ne plus penser qu'à son travail. Tiens, par exemple : est-ce que ce « rouget-barbet à la nage » qu'il était en train de déguster n'aurait pas gagné à être accompagné d'une sauce… à peine plus… comment dire ? plus audacieuse… Oui, peut-être qu'une légère pointe d'amertume… oh très légère… très subtile… aurait rehaussé… Il en était là de son raisonnement quand, en guise de « légère pointe d'amertume », il reçut dans son assiette un énorme chien crasseux de soixante-dix kilos ! Bourru venait de s'écraser sur sa table de tout son poids, de tout son corps malodorant, de toute sa bedaine. Couverts, assiette, pain, verre, *rouget-barbet à la nage*, tout fut littéralement pulvérisé sous la violence du choc. Mais Bourru n'en était qu'au début de son numéro. Il se redressa immédiatement, laissant Maleysson suffoqué, et un bonheur immense le submergea : il venait de reconnaître son maître et sa chère maîtresse à la table voisine ! Il se précipita sur Gérard, défaillant d'amour, couinant, bavant, le léchant de haut en bas et de bas en haut. Mais qui donc était cet individu bizarre, là, juste à côté, avec un ridicule tuyau blanc sur la tête ? C'est qu'il en voudrait à son maître celui-ci ! Il allait voir ! Bourru se jeta sur Lecain qui s'enfuyait à la course et le mordit à la fesse gauche. Le pantalon se déchira, découvrant une belle tranche de derrière tout blanc. Lecain poursuivit sa retraite à quatre pattes en direction des cuisines. Voilà pour celui-ci ! Les autres semblaient plus amicaux. D'ailleurs, pour montrer leur joie, ils criaient très fort et grimpaient sur les tables. Bourru résolut de les remercier de leur gentillesse. Il les salua tous les uns après les autres, à grands coups de langue, de queue, de pattes griffues, sans oublier bien sûr ceux qui préféraient se cacher sous les tables. Certains faisaient mine de se sauver, sans doute pour agrémenter la partie, mais Bourru leur barrait le passage et montrait les dents s'il le fallait. Ah, comme on s'amusait bien ! Il entendait la voix suraiguë de Monique qui hurlait : « Bourru, arrête ! Au pied, sale bête ! » mais elle ne lui en voudrait pas de jouer encore un peu. Gérard aussi s'égosillait : « Arrête ! Abruti de clébard ! Arrête ! » Mais c'était sûrement pour rire.

Assis sur sa branche de cèdre, Poutifard n'en croyait pas ses jumelles ! Il ne pouvait que répéter :

– Oui, Bourru ! Oui ! Ouiiii ! Continue !

Il se jura d'apporter à cette brave bête, en cachette, jusqu'à la fin de ses jours et à volonté, des entrecôtes saignantes achetées au meilleur boucher de la ville !

Les deux Américains de Boston, réfugiés sur le chariot de fromages, se tenaient enlacés. C'est toujours attendrissant, un couple d'amoureux. Bourru bondit les rejoindre et il trempa généreusement les chevilles du monsieur pour le remercier d'être venu de si loin. Afin d'échapper au même sort, la grosse dame se jeta sur le lustre géant qui se détacha du plafond et s'abattit sur la table des Japonais dans un fracas de tonnerre. Cinquante kilos de plâtre l'accompagnèrent dans sa chute.

– Ouiiiiiii ! hurla Poutifard.

La panique tourna alors au sauve-qui-peut :

– *Help* ! crièrent les Anglais et les Américains.

– *Hilfe* ! répondirent les Allemands.

– *Ayuda* ! s'écria un serveur espagnol.

– Au secours ! appelèrent les Français.

– Bourru, au pied ! braillaient Gérard et Monique Sambardier.

– Ouaf ! Ouaf ! répondait joyeusement Bourru.

Seuls les Japonais, écrabouillés sous le lustre, ne disaient rien du tout.

Bourru venait de renverser un cactus géant sur la « Ronde des desserts » quand il eut cette soudaine révélation : il y avait à manger dans cet endroit ! Beaucoup de bonnes choses à manger ! Il y en avait un peu dans les assiettes, beaucoup sur les tables et surtout énormément par terre maintenant. Bourru ne suivit pas l'ordre recommandé sur le menu. Il se jeta sur tout ce qui lui parut comestible et engloutit successivement :

- trois soufflés aux groseilles aigrelettes,
- deux canons de lotte à la meunière,
- un petit appareil photo dans son étui,
- quatre poêlées de rognons et brocolis à l'anchois,
- un sac à main en crocodile,
- quatre croustillants de pigeon avec truffes et foie gras Koumir,
- une selle d'agneau marinée dans un lhassi piquant (pour 2 personnes),
- un torchon de cuisine abandonné par un serveur,
- trois queues d'écrevisses aux pépins de tomate.

Il attaquait un mélange de *Pavé de bœuf au poivre* et de *Toasts briochés aux amandes* quand la sirène des pompiers retentit enfin. Une des hôtesses d'accueil avait eu la bonne idée de les alerter : « Venez vite ! Un chien enragé est en train de ravager l'établissement. Oui, c'est ça, au *Vieux Manoir* ! Faites vite, je vous en supplie ! Il est énorme ! »

Le jeune pompier qui poussa prudemment la porte de la salle à manger avec le canon de son fusil à seringue hypodermique n'était guère rassuré. Un chien enragé ? Énorme en plus ? Il ne s'agissait pas de plaisanter avec ça. La vision d'apocalypse qu'il découvrit en entrant le conforta dans l'idée que le monstre était dangereux et il se félicita d'avoir prévu la dose préconisée pour les grands mammifères tels les hippopotames et les rhinocéros adultes. À peine eut-il distingué la silhouette massive de Bourru, près de la fenêtre opposée, qu'il appuya sur la détente. Hélas, le chien bondit sur le côté et la seringue, au lieu de l'atteindre, alla se ficher dans l'épaule droite de Maleysson, qui s'effondra aussitôt, se croyant mort. Le pompier n'atteignit sa cible mouvante qu'à la sixième tentative, après avoir endormi les uns après les autres le sommelier, deux serveurs et un homard bleu flambé au calvados. Touché à son tour, Bourru chancela un moment, puis vint s'allonger aux pieds de son maître. Quelques secondes plus tard, il ronflait paisiblement. Il y eut alors un moment de calme parfait. On n'entendait plus que le tranquille ploc… ploc… de la crème anglaise qui s'écoulait goutte à goutte du chariot de desserts sur le carrelage. Dans le silence revenu, Gérard fut le premier à retrouver l'usage de la parole :

– Excusez-le… c'est mon chien… il s'appelle Bourru… il est pas méchant…

Le bilan de cette charmante soirée fut établi comme suit :

• Le restaurant *Le Vieux Manoir* fut fermé à la clientèle pendant deux semaines pour réparations diverses (menuiserie, électricité, plâtres, papiers peints, nettoyage des sols, etc.).

• Quatre employés obtinrent un congé pour « choc psychologique ».

• M. Pierre-Yves Lecain, restaurateur, subit deux piqûres : l'une contre la rage, l'autre contre le tétanos. Il fit à l'automne suivant une légère dépression, répétant sans cesse : « Je ne vaux pas mon père, non, je ne vaux pas mon père... »

• M. Dominique Maleysson, critique gastronomique, dormit profondément pendant cinq jours et cinq nuits. Il se réveilla le 1er septembre vers 13 h en balbutiant : « ... Puis-je avoir l'addition s'il vous plaît ? »

• Le chien Bourru se réveilla après huit heures de sommeil seulement et de très bonne humeur. Il se dirigea droit vers sa gamelle : il avait faim.

Quand Robert Poutifard rentra chez lui, cette fameuse nuit du 27 août, il trouva sa vieille mère en chemise de nuit dans la cuisine.

– Maman ! Tu t'es levée !

– Oui, Robert, je guettais ton retour et je n'y tenais plus dans mon lit. Alors ? Raconte-moi... Vite !

Tant il était survolté, il fit comme les enfants et raconta en désordre les scènes incroyables auxquelles il avait assisté depuis son arbre. Parfois, il revenait en arrière sur les plus spectaculaires :

– Je te jure, maman, la grosse dame était suspendue au lustre ! Oui, Lecain s'est enfui à quatre pattes dans sa cuisine !

La brave femme en pleurait de rire. Elle applaudissait, poussait des ha et des ho, demandait des précisions :

– Ne me dis pas qu'il a fait pipi sur les gens, quand même ?

– Il a fait pire, maman, il a fait pire…

Quand il eut fini, Robert sortit la bouteille de champagne du réfrigérateur et ils en burent chacun deux coupes. Puis Mme Poutifard, un peu grise, décida qu'elle avait faim et elle avala une épaisse tranche de pâté de campagne avec une tartine de pain. Elle n'avait plus mangé autant à la fois depuis plus de deux ans.

Dès le lendemain, Poutifard expliqua comme il put à son cousin comment Bourru s'était retrouvé au *Vieux Manoir* :

– Il m'a échappé, s'excusa-t-il, je suis vraiment désolé…

– C'est pas grave, le rassura Gérard. Il s'est bien régalé et nous aussi. Et puis ça a mis un peu d'animation… Ils sont coincés ces gens-là, tu peux pas t'imaginer…

Les journaux, la radio et la télévision évoquèrent tous « l'affaire Bourru ». Tantôt on le présentait comme un animal terrifiant sans doute atteint de la rage, tantôt comme un brave toutou affamé, mais dans tous les cas on admettait que ses exploits avaient donné un sérieux coup d'arrêt à la carrière du grand restaurateur. Les coupures de presse et les photographies s'ajoutèrent dans le cahier de vengeance.

Début septembre enfin, jugeant qu'ils avaient suffisamment savouré leur triomphe, Poutifard barra d'une croix la photographie de Pierre-Yves Lecain et il écrivit dessous en grosses lettres rouges :

VENGEANCE RÉUSSIE LE 27 AOÛT 1999.
AFFAIRE CLASSÉE.

Puis il soupira douloureusement. Il fallait désormais se consacrer à l'affaire suivante et le simple fait d'y penser lui donnait presque mal au cœur. Comment oublier ces deux journées de cauchemar vécues vingt ans plus tôt au mois de juin 1978 ?

7

Un véritable attentat

Il faisait très chaud en cette fin d'année scolaire. Tellement chaud que les enfants avaient pris l'habitude d'apporter à l'école des bouteilles en plastique qu'ils remplissaient aux robinets des lavabos et dont ils s'aspergeaient pendant la récréation. Les maîtres et les maîtresses toléraient volontiers ces joyeuses batailles d'eau. En effet, le soleil brillait si fort qu'à peine mouillé on était déjà sec. Eux-mêmes recevaient çà et là quelques gouttes perdues, mais ils ne s'en offusquaient pas. Poutifard, comme par hasard le plus arrosé de tous, faisait semblant d'en rire comme ses collègues, mais au fond il détestait cela.

Depuis le mois de mai déjà, il avait le plus grand mal à contenir ses petits garnements de CM 1 entre les quatre murs de la classe. À la sonnerie de 16 h 30, ils jaillissaient dans le couloir et dégringolaient les escaliers en hurlant leur joie d'être libérés. Pas un seul ne lui disait au revoir. *Une journée de plus...* soufflait alors Poutifard, assis derrière son bureau. Il profitait quelques instants du calme de la salle de classe enfin silencieuse, puis il se mettait lentement au travail. Comme chaque jour avant de rentrer chez lui, il accomplissait ce rituel immuable :

1. Relever les tables et les chaises,
2. Effacer le tableau,
3. Fermer les armoires,
4. Tirer les rideaux,
5. Sortir et fermer la porte à clé,
6. Vérifier les toilettes.

Ce jeudi 15 juin 1978, les cinq premières opérations se déroulèrent normalement. C'est au cours de la sixième que les choses se gâtèrent.

Il faut savoir que les toilettes du CM 1 se trouvaient en face de la salle de classe, juste de l'autre côté du couloir. Il s'agissait de cabinets à la turque dont on actionnait la chasse en tirant sur une poignée de bois accrochée au bout d'un cordon. L'eau giclait au ras du sol et il fallait prendre garde de ne pas se faire inonder les pieds.

Poutifard ouvrit la porte et vit, il s'y attendait, que les enfants n'avaient pas laissé l'endroit très propre. Il s'avança, se percha sur les deux petites marches de béton, saisit la poignée et tira résolument dessus.

Pour bien comprendre ce qu'il éprouva à cet instant, il faut avoir été, au moins une fois dans sa vie, poussé dans une piscine et plongé dans l'eau froide. On suffoque, l'eau vous rentre par les yeux, les oreilles, le nez, on est immergé dans un monde étranger où tout résonne effroyablement. Poutifard eut cette sensation. Un véritable déluge s'abattit sur lui, le trempant de la tête aux pieds et lui coupant le souffle. Il poussa un cri d'animal et recula. Une grande bassine en plastique bleu rebondit à ses pieds. Il comprit aussitôt qu'il ne s'agissait pas d'un accident de plomberie ni d'une banale fuite d'eau, mais bel et bien d'un ATTENTAT !

Oh les petites ordures ! Les sales, infectes et répugnantes petites ordures !

Que faire ? D'abord se cacher. Une femme de ménage pouvait passer, ou bien un collègue qui aurait oublié quelque chose à l'étage… Son premier réflexe fut de saisir l'arme du crime, la bassine, et de se réfugier, tout dégoulinant, dans sa salle de classe. Il s'y enferma à double tour et tâcha de retrouver ses esprits. Au bout de quelques minutes, il fut à nouveau capable de penser.

Est-ce que je peux quitter l'école dans cet état ? Non.

Est-ce que j'ai des vêtements secs de rechange ? Non.

Est-ce que quelqu'un pourrait m'en apporter ? Oui.

Qui ? Maman.

Est-ce qu'elle en serait capable sans se faire repérer ? Non.

Combien de temps me faudra-t-il pour sécher si je garde mes vêtements sur moi ? Au moins dix heures.

Et si je les quitte ?

Il avait beau être seul dans la pièce, l'idée de se déshabiller le gênait un peu. Il commença par la chemise qu'il tordit dans la bassine. Il la fit claquer pour l'égoutter au maximum et chercha autour de lui où il pourrait bien la suspendre. Il y avait au fond de la classe une corde à linge qui allait d'un mur à l'autre, à hauteur d'homme. On y suspendait des découpages ou des peintures à sécher. Quand il y repensa, plus tard, Poutifard se dit qu'on ne lui avait laissé AUCUNE chance : il était absolument impossible de ne pas avoir l'idée de suspendre ses vêtements sur ce fil-là ! Il suspendit donc sa chemise sur ce fil-là…

Il se sentit rougir en quittant son pantalon. Il le tordit, le fit claquer et le suspendit au fil. Puis ce fut le tour des chaussettes et du maillot de corps.

En réalisant qu'il se trouvait maintenant en caleçon dans sa classe, il fut soudain pris de panique. Il faillit remettre ses affaires mouillées et s'en aller comme ça. Mais c'était stupide : après tout il suffisait d'attendre une petite heure.

Il s'installa donc derrière son bureau et prit son mal en patience. Son corps était presque sec déjà. Il regarda son gros ventre blanc qui faisait des plis et se trouva bien gras. Et s'il se remettait au sport, tiens ! À la course à pied. Ou à la bicyclette. Peut-être qu'il trouverait plus facilement à se marier s'il était plus mince… Mais se marier signifierait aussi quitter l'appartement du boulevard Gambetta et se séparer de sa vieille mère… Il joua avec ces pensées qui l'emportèrent peu à peu loin de la salle de classe. Il faisait bon, tout était silencieux : sa tête descendit sur sa poitrine et il s'assoupit.

Quand il ouvrit les yeux, il se demanda s'il rêvait : une de ses chaussettes à carreaux flottait dans les airs ! Stupéfait, il la regarda monter, se balancer une dernière fois comme pour le narguer et ffuit ! disparaître dans le plafond ! Il bondit sur ses pieds et arriva juste pour voir la trappe se refermer : clap ! C'est alors qu'il réalisa le drame : la deuxième chaussette s'était envolée aussi, ainsi que la chemise. Le pantalon n'était plus là, ni le maillot. Il n'y avait plus rien sur la corde.

Il saisit un balai et cogna au plafond, hors de lui.

– Rendez-moi ça tout de suite ! Vous entendez ! Rendez-moi ça !

Pour toute réponse, il y eut des voix tamisées, des bruits de pas sur le plancher, une course dans l'escalier, puis dans le couloir. Les criminels s'enfuyaient avec ses vêtements !

– Arrêtez ! cria-t-il à pleine voix.

Il resta un instant hébété. En quinze ans d'enseignement, il avait subi toutes les offenses possibles, mais jamais il ne s'était retrouvé dans une situation aussi épouvantable.

Il lui restait un mince espoir : et s'ils s'étaient contentés de lui faire peur ? S'ils avaient abandonné ses vêtements à l'étage avant de déguerpir ? Il poussa un pupitre, monta dessus et souleva la trappe. La pièce au-dessus de la salle de classe servait de débarras. Elle était encombrée de manuels poussiéreux empilés sur des étagères, d'une photocopieuse hors d'usage et de cartons pleins de paperasses. Il se hissa à la force des bras et se rétablit. Il vit immédiatement le bâton équipé d'un fil et d'un crochet qui avait servi à pêcher le butin. Mais il chercha en vain ses vêtements. Pas plus de pantalon que de chemise. Ces voyous n'avaient rien laissé, à part une inscription moqueuse tracée à la craie sur un vieux tableau rayé :

TRÈS BONNE NUIT, CHER MONSIEUR POUTIFARD !

Ainsi se moquaient-ils de lui jusqu'au bout ! Il était tombé dans tous leurs pièges sans en oublier un seul ! Il avait suivi docilement l'itinéraire imaginé pour lui : les toilettes, la salle de classe, la corde à linge et enfin le débarras... Il faisait la victime rêvée ! Et l'imbécile idéal !

Écumant de rage, il redescendit dans sa classe, en se rompant presque les os. « Bonne nuit, cher monsieur Poutifard ! » Ces petites crapules pensaient donc qu'il serait condamné à dormir ici ? Ah ! ah ! ah ! Certainement pas ! Il alla droit au téléphone.

La sonnerie retentit plus de dix fois, mais Mme Poutifard ne décrocha pas. *Maman, où es-tu passée ? Tu réponds toujours d'habitude...* Elle sera allée faire une course, se dit-il, et il décida d'attendre son retour. Il rappela toutes les dix minutes pendant plus d'une heure. *Mais qu'est-ce qu'elle fait, bon sang de bois ?* Vers 18 h, il se décida à composer le numéro des dérangements téléphoniques.

– Effectivement, lui expliqua la voix calme d'une employée, nous avons un problème sur votre quartier.

– Mais enfin, bondit Poutifard, ça n'est jamais arrivé depuis que je vis là, depuis que j'y suis né, il y a trente-sept ans !

– Rassurez-vous, monsieur : la ligne sera bientôt rétablie.

– Bientôt, c'est-à-dire ?

– Demain, dans la matinée.

Il raccrocha et se laissa tomber sur une chaise.

Robert Poutifard, gémit-il, *y a-t-il sur cette planète une seule personne qui a moins de chance que toi ?*

Il ne lui restait plus qu'à patienter jusqu'à la nuit. À la faveur de l'obscurité, il pourrait se glisser hors de l'école sans être vu.

Les heures furent bien longues. Il fit les cent pas, feuilleta des magazines, essaya de commencer un roman pris dans la bibliothèque. Il y était question d'un certain Cornebique, victime d'un chagrin d'amour. Le livre lui tomba des mains.

Sa maman devait se faire un sang d'encre à cette heure ! Qu'avait-elle préparé pour le dîner ? Une salade à l'huile de noix en entrée ? Et pour continuer une petite blanquette de veau comme il les adorait ? Il lui sembla entendre le délicat *bloup bloup* de la sauce qui mijotait dans la casserole. À partir de 20 h, la faim le tenailla.

Onze heures sonnaient au clocher de la ville quand il jugea sa sortie possible. Il prit son cartable et descendit l'escalier à pas de loup. Son caleçon était tout à fait sec à présent. Au rez-de-chaussée, il tourna à l'angle et s'avança dans le couloir de l'administration. Il passa devant la salle des maîtres, devant l'infirmerie, devant le bureau de la directrice, traversa le petit hall d'accueil et parvint à la porte d'entrée du personnel. Comme il s'y attendait, elle était fermée à clef. Il fit demi-tour et se dirigea vers la porte opposée, qui donnait sur la cour de récréation. De là, il pourrait franchir le portail, contourner le bâtiment et atteindre sa bonne vieille 2 CV. Il actionna en vain la poignée. Cette porte était également fermée à clef… Et aucune autre porte que ces deux-là ne conduisait à l'extérieur. *Oh non… oh non…* Il ne lui restait plus qu'à entrer dans une pièce au hasard et à enjamber la fenêtre. Il essaya d'entrer dans le bureau de la directrice : la porte était fermée. Il essaya d'entrer dans l'infirmerie : la porte était fermée. Il essaya d'entrer dans la salle des maîtres : la porte était fermée. Il essaya d'entrer dans toutes les pièces du rez-de-chaussée, les unes après les autres : les portes étaient toutes fermées à clef.

TRÈS BONNE NUIT, CHER MONSIEUR POUTIFARD !

8
Une matinée de cauchemar

Il remonta lentement les deux étages, pensif et silencieux, tel un gros fantôme fatigué qui aurait perdu son drap. De retour dans sa classe, il resta assis de longues minutes sur sa chaise, dans l'obscurité.

- *Est-ce que je peux sortir de cette école à moins de sauter du deuxième étage ? Non.*
- *Quelqu'un peut-il m'aider ? Non.*
- *Qu'est-ce que je peux faire ? Rien.*
- *Que va-t-il arriver demain matin ? Une catastrophe...*

Il réussit à dormir un peu, recroquevillé sous son bureau, à la manière d'un chien, avec son cartable en guise d'oreiller. Mais après 3 h du matin, il ne ferma plus l'œil. La faim le travaillait. Il aurait pu engloutir quatre bols de café au lait et une dizaine de croissants au beurre. Quand le jour pointa, il se força à patienter encore deux heures, puis il se leva, chancelant de fatigue, et descendit au rez-de-chaussée, son cartable à la main. Il était 7 h 35. Il progressa avec prudence : désormais, n'importe qui pouvait surgir et le surprendre. Juste avant l'angle du couloir, il se cacha dans un renfoncement du mur et respira calmement. *Voyons, si tout va bien, Nicole, la femme de ménage martiniquaise, arrive dans dix minutes. Elle entrera par la porte du personnel. Je ne bouge pas d'ici et dès qu'elle tourne le dos, je file !*

Les minutes s'égrenèrent avec une terrible lenteur. Enfin, à 7 h 45 précises, il entendit qu'on tournait la clef dans la serrure. Il recula d'un pas et bloqua sa respiration : tout se jouait maintenant. Il entendit la femme de ménage aller et venir, faire couler de l'eau, ouvrir des portes, fouiller dans le placard à balais. Puis il y eut un silence prolongé et elle surgit à l'angle du couloir, à moins de cinquante centimètres de lui. Il se plaqua contre le mur. *Si elle me voit, elle hurle.* Par miracle, elle ne le vit pas et s'éloigna lentement dans l'escalier tout en passant un chiffon sur la rampe.

Il soupira, soulagé : il avait eu la peur de sa vie, mais au moins la voie était libre maintenant. Il s'élançait déjà quand, horreur ! la porte d'entrée s'ouvrit à nouveau ! Le placard à balais ouvert offrait le seul refuge possible. Il s'y rua et tira la porte sur lui.

L'endroit ne mesurait pas plus de un mètre sur deux. Il n'avait pas de fenêtre, même pas un vasistas. *Un piège*, se dit-il, *je viens de me fourrer dans un effroyable piège…* Dans son cerveau en ébullition, les pensées se mirent à cavaler comme des bêtes affolées par l'incendie : on allait le découvrir, en caleçon ! On allait l'arrêter ! On le conduirait en prison sans doute ! En tendant l'oreille, il devinait déjà des allées et venues dans le couloir. Quelques minutes encore et l'école se remplirait : le piège se fermait pour de bon ! Il sentit la sueur dégouliner dans son dos.

À partir de 8 h, la salle des maîtres, de l'autre côté de la cloison, s'anima. Il entendit les joyeuses salutations, les plaisanteries, le bruit familier de la machine à café. À 8 h 20, il reconnut la voix de l'autre maître de CM 1, M. Martinette :

– Robert n'est pas là ?

– *Si, je suis là !* répondit-il entre ses dents, *je suis là, mais j'aimerais tellement être ailleurs !*

À 8 h 22, le portail grinça, de l'autre côté de la cour, et les enfants commencèrent à entrer. Les collègues quittèrent la salle des maîtres. Plaqué contre la porte, il les devinait, passant à quelques centimètres de lui.

– L'un de vous a-t-il vu Robert ? demanda une maîtresse de CM 2.

– Non, répondirent les autres.

– Il est assez gros pourtant ! plaisanta quelqu'un.

Les rires s'éloignèrent. Ensuite, ce fut la bruyante

montée des escaliers. Les classes se succédèrent dans le tumulte habituel. Bientôt il ne resta plus dans la cour que le CM 1 de Robert Poutifard. À 8 h 40, la directrice s'avança et annonça aux vingt-cinq élèves :

— M. Poutifard est absent. Vous allez être dispersés dans les autres classes.

— Ouaiaiais ! ne purent s'empêcher de triompher une dizaine d'enfants.

— S'il vous plaît ! les reprit sèchement la directrice.

Dans son placard à balais, Robert appuya sa tête contre le bois de la porte. *Ils me détestent donc tant que ça...* À 8 h 42, le silence retomba sur l'école. Que faire maintenant ?

Pendant un quart d'heure, il céda au désespoir. Puis, sans doute arrosée par les larmes, une idée nouvelle germa dans son cerveau. Puisque de toutes les façons il serait pris, autant ne pas l'être comme un lapin traqué au fond de son terrier. Il fallait tenter le tout pour le tout ! Voyons : le bureau de la directrice donnait sur le parking du personnel... S'il parvenait à y entrer et à passer par la fenêtre, il lui suffirait de suivre la haie et de franchir à découvert quelques mètres de pelouse. Ensuite, il se faufilerait entre les voitures pour atteindre sa 2 CV. Et il serait sauvé ! Le mieux était d'agir avant la récréation de 10 h ! Il actionna lentement la poignée et pointa le nez sur le couloir désert. Le cœur battant, il trottina jusqu'à la porte indiquant :

Il resta quelques secondes indécis, le doigt en suspension. Mme Mathevon était une femme de quarante ans, énergique et autoritaire.

Poutifard s'encouragea de son mieux : *Allez, Robert, il faut en finir ! Courage !*

Il frappa trois petits coups légers. Pas de réponse. Il frappa plus fort : silence… Il poussa la porte et entra. La pièce était vide, la fenêtre entrouverte. Il s'y précipita, l'ouvrit à deux battants et aperçut sa 2 CV jaune sur le parking. Elle semblait l'appeler : « Viens, mon Robert, et monte vite que je t'emporte loin d'ici ! » Sans perdre de temps, il enjamba le rebord et progressa, courbé en deux, le long de la haie. En sprintant sur la pelouse, il se maudissait d'être si grand, si massif. On devait le voir à des kilomètres ! Il se jeta à plat ventre et rampa comme un soldat au combat. À bout de forces et d'émotions, il atteignit le parking et progressa à quatre pattes jusqu'à sa 2 CV. *Pourvu qu'on ne me voie pas !* gémissait-il. *Si on me voit, ma carrière est finie…* Il touchait au but quand la foudre tomba sur lui : la clef de contact ! Dans le cartable ! Dans le placard à balais ! Nooooon ! Il fit le chemin inverse, recroquevillant comme il le pouvait sa carcasse de deux mètres. Il escalada de nouveau la fenêtre et se retrouva piteux dans le bureau de la directrice. *Vite ! Retourner dans le placard* à *balais et prendre le cartable* ! Mais comme il allait saisir la poignée pour sortir, celle-ci tourna toute seule. Quelqu'un entrait.

– Il vit avec sa mère, je crois ?

La voix lui était inconnue. Un gendarme sans doute !

– Tout à fait. Mais entrez, je vous en prie…, répondait la directrice.

Poutifard se jeta comme un fou dans la grande armoire métallique qui se trouvait au fond du bureau. Il empoigna la barre de fermeture à pleines mains et la tira sur lui. Tremblant de tout son corps, il entendit les personnes s'installer dans le bureau et engager la conversation :

La directrice : – Oui, M. Poutifard vit avec sa maman. C'est une très vieille dame, d'ailleurs.

Un gendarme : – C'est elle qui nous a alertés ce matin. Elle n'a pas dormi de la nuit. Elle s'inquiète beaucoup pour son fils.

Poutifard (dans l'armoire) : – *Maman, oh maman, pardonne-moi.*

Le deuxième gendarme : – M. Poutifard est célibataire, mais lui connaît-on une… comment dire… une liaison ? A-t-il une petite amie chez qui il aurait pu passer la nuit ?

La directrice (en pouffant de rire malgré elle) : – Oh non ! Il n'a pas de petite amie. Pas à ma connaissance…

Poutifard (dans l'armoire) : – *Et qu'est-ce qui te*

fait rire, vieille bique ? Pourquoi je n'aurais pas une petite amie, hein ?

Le deuxième gendarme : – M. Poutifard est ancien dans l'établissement, je crois ?

La directrice : – Oui, très, il est arrivé en… Attendez, je vais sortir son dossier qui est juste là dans l'armoire.

Poutifard : – *Nooooooon ! Pitiéééé !*

Le premier gendarme : – Ce n'est pas nécessaire, madame.

La directrice : – Mais si, j'en ai pour une seconde…

Poutifard : – *Mais puisqu'il te dit que non, bourrique !*

Le premier gendarme : – Comme vous voulez…

Poutifard : – *Au secours ! À l'aide !*

La directrice actionna la poignée de l'armoire. Mais de l'autre côté, Poutifard tirait avec tant d'énergie qu'il aurait fallu une paire de bœufs pour ouvrir la porte.

La directrice : – Eh bien zut alors ! la porte est bloquée…

Le deuxième gendarme : – Un coup de main ?

Poutifard : – *De quoi il se mêle celui-là ?*

Le deuxième gendarme saisit à son tour la poignée et tira. La porte semblait soudée à son cadre.

Le premier gendarme (se levant) : – À deux peut-être…

Poutifard (s'arc-boutant) : – *À dix si vous voulez, bande de nazes !*

Les deux gendarmes furent bien près de renverser l'armoire tant ils la secouèrent. À l'intérieur, Poutifard, rouge comme un coq, serrait les dents.

La directrice : – Laissez, messieurs… Je ferai venir un serrurier dans la journée…

Les deux gendarmes ne se rassirent même pas. L'entretien était fini. Ils remercièrent la directrice et quittèrent le bureau.

– N'hésitez pas à nous appeler, madame, s'il réapparaît…

– Je n'y manquerai pas, messieurs…

Elle ne quitta plus son bureau jusqu'à la pause du déjeuner. Dieu que ce fut pénible ! Parfois, il sentait ses jambes fléchir sous lui. Il avait mal au dos, à la tête, il crevait de faim, de soif. Vers 11 h 15, il s'endormit debout et fit un cauchemar terrible : il était enfermé, en caleçon, dans l'armoire du bureau de sa directrice et la police le cherchait ! Lorsqu'il se réveilla, quelques minutes plus tard et qu'il comprit que ce n'était pas un cauchemar mais la réalité, il dut se mordre le poing pour ne pas sangloter de détresse. À 11 h 30, la cloche sonna et tous les enfants quittèrent leurs classes. À 11 h 45, l'école était silencieuse et la directrice s'en alla. Il sortit de l'armoire, rompu de fatigue, et se glissa sans être vu jusqu'au placard à balais. Il y retrouva son cartable et refit le chemin parcouru quelques heures plutôt : le bureau, la fenêtre, la pelouse, le parking. Quand il fut enfin assis au volant de sa 2 CV jaune et qu'elle démarra bravement au premier tour de clef, il ne put s'empêcher de lui donner un petit baiser sur le volant : *C'est bien, ma bichette, emmène-moi, allez, emmène-moi…*

9
L'enquête

Sur les conseils de sa mère à qui il avait raconté son interminable calvaire, Robert Poutifard se présenta dès l'après-midi à l'école des Tilleuls. Il s'excusa de son mieux auprès de ses collègues et de la directrice, mais sans donner d'explications précises. Sa matinée d'absence et sa voiture garée sur le parking restèrent donc pour tous un profond mystère. Cependant, on lui pardonna volontiers et on oublia vite.

Robert et sa maman, eux, n'avaient pas l'intention d'oublier. L'enquête s'annonçait difficile. Il aurait été vain de questionner les enfants, à moins d'aimer se rendre ridicule. Poutifard s'imaginait mal planté devant eux, les poings sur les hanches, et leur demandant : « Alors ? Lesquels d'entre vous ont-ils osé placer une bombe à eau dans les toilettes ? Savez-vous que j'ai dû passer presque vingt-quatre heures en caleçon dans l'école, hein ? Allez, qu'ils se dénoncent ! »

Non, il y avait bien plus intelligent et l'idée lui fut soufflée le soir même par sa mère. Elle était occupée à repasser leur linge. Au contact du tissu mouillé, le fer à vapeur lâchait des petits soupirs rassurants. Poutifard, les yeux clos sur le canapé, un livre sur les genoux, écoutait cette douce musique et il lui semblait qu'on ne pouvait pas être davantage en sécurité que dans ces instants-là. Il se sentait redevenir petit garçon.

— Robert, dit soudain Mme Poutifard, rompant le silence, donne-leur donc ça en sujet de composition française…

Il ne comprenait pas.

— Oui, donne à ces petits morveux un sujet comme : « Vous avez joué à quelqu'un une farce très drôle, racontez… »

— Mais, maman, soupira Robert, tu ne crois tout de même pas que les coupables vont se trahir aussi naïvement…

— Oh que si ! répondit Mme Poutifard. Vois-tu, Robert, ces jeunes voyous sont exactement comme les tueurs en série : où serait le plaisir de commettre leurs méfaits si personne n'apprenait jamais qu'ils en sont les auteurs ? Ils veulent pouvoir en profiter ! Qu'on les admire ! Que ça se sache, nom d'une pipe !

— Tu crois ? demanda Poutifard, peu convaincu.

— J'en suis persuadée ! Ils rêvent tous d'être pris, crois-moi. Il suffit de les aider un peu et ils sautent sur l'occasion. Oh, les coupables ne raconteront bien sûr pas cette histoire de bombe à eau, je ne suis pas naïve. Ils en raconteront une autre, mais ils ne pourront pas s'empêcher de jouer avec le feu, de donner des signes… À nous de savoir lire.

– Si tu penses…

Le mardi suivant, après la récréation du matin, Robert Poutifard écrivit au tableau noir et de sa belle écriture d'instituteur le dernier sujet de composition française de l'année. Sa mère et lui avaient étudié l'énoncé au mot près afin de mettre toutes les chances de leur côté et ils étaient arrivés à ceci : « Vous avez joué à un adulte un tour bien réussi et dont vous êtes particulièrement fier. Racontez… »

Les élèves de CM 1, qui étaient plutôt habitués à décrire une promenade dans une forêt d'automne, furent assez surpris. Ce sujet ne ressemblait pas à leur maître, mais ils eurent l'air de trouver ça très amusant. En tout cas, ils se mirent au travail avec ardeur.

Le soir même, aussitôt la vaisselle expédiée, Poutifard et sa mère posèrent les vingt-cinq cahiers sur la table de la salle à manger et entreprirent d'éplucher les rédactions. Ce fut très instructif : un garçon se vantait d'avoir mis un rat crevé dans les bottes de son oncle, un autre, pour les quatre-vingts ans de son grand-père, avait remplacé la crème Chantilly du gâteau par de la mousse à raser… Une fille avait glissé un camembert bien fait dans le système de chauffage d'une voiture, une autre avait collé l'écouteur du téléphone de son père à la superglu. Mais nulle part il n'était question d'eau, ni de bassine, ni même d'école. Mme Poutifard ferma le dernier cahier en maugréant :

– Je suis certaine que nous avons laissé passer quelque chose. Il faut tout relire, ligne après ligne, et se concentrer !

– Maman, protesta Poutifard, ça ne servira à rien… Ils ne sont pas si bêtes…

Ils échangèrent tout de même les cahiers et recommencèrent à zéro : le camembert, la mousse à raser, la superglu… Poutifard n'en pouvait plus. La lecture de ces turpitudes l'exaspérait. Si encore les textes n'avaient pas été truffés de fautes d'orthographe ! À se demander qui était leur maître ! Et ces noms grotesques inventés pour ne pas se trahir : M. Alric, Mme Trébor…

– Comment as-tu dit ? sursauta Mme Poutifard.

– Mme Trébor…, répéta-t-il. Celle-ci a appelé sa victime « Mme Trébor »… Ridicule…

– Trébor ? Mais c'est l'anagramme de Robert !

– Comment ça ?

– TRÉBOR, c'est ROBERT à l'envers !

Elle bondit et arracha pratiquement le cahier des mains de son fils. Il appartenait à une certaine Christelle Guillot.

– Voyons. Qu'est-ce qu'elle écrit, cette petite… ? « Ça s'est passer il y a ~~longtant~~ lontangt en hiver. »

– C'est déjà tout faux, soupira Poutifard, puisque ça s'est passé récemment et en été…

87

– Mais justement, s'écria sa mère, et si tout était à l'envers, comme Trébor ! S'il fallait comprendre le contraire de ce qu'elle dit…

– Tu crois, maman ?

– Nous allons voir, je vais lire chaque phrase et toi tu essaieras de dire l'inverse de ce qu'elle signifie !

– Si tu crois…

– « Ça s'est passer il y a ~~longtant~~ lontangt en hiver », relut-elle pour commencer.

– Ça s'est passé… récemment, en… été, traduisit Poutifard.

– « Il fesait très froid. »

– Il faisait très… chaud.

– « Pour faire ma ~~ph~~farce jé demandé à mon frère de m'aidé mais il a refusé. »

– Pour faire ma farce, j'ai demandé à mon frère…

– À ma sœur ! corrigea Mme Poutifard.

– … j'ai demandé à ma sœur de m'aider et elle a… accepté. Maman, la petite Guillot a une sœur jumelle dans la classe ! Elles sont inséparables ! ça fonctionne ! ça fonctionne !

– « Ma victime a été Mme Trébor, une petite femme maigre », continua sa mère.

– Notre victime a été M…. Robert, un grand homme… gras, balbutia Poutifard. Oh la punaise ! L'infecte petite punaise !

– « J'ai ~~mis~~ placé de la braise sur le sol des toi~~ll~~-lett~~tes~~. »

– Nous avons placé… euh…

– De l'eau ! De l'eau, Robert ! L'eau est le contraire du feu et donc de la braise ! Continue !

– Nous avons placé de l'eau au… plafond des toilettes.

Tous les deux étaient maintenant presque couchés sur le cahier de la petite Guillot et ils décodaient les phrases avec autant d'exaltation que Champollion ses hiéroglyphes.

– « Quand Mme Trébor est entré, poursuivit Mme Poutifard, elle c'est sait un peu bruler le pied, mais pas le reste du cor. »

– Quand M. Robert est entré, déchiffra son fils, il s'est trempé… la tête et… tout le reste du corps.

– « Ensuite elle a mis tout ses vètements… »

– Ensuite il a quitté tous ses vêtements…

– « … et elle ai sorti, bien abihlé habiyé… »

– … et il est resté dedans, en caleçon…

– « … un petit moment. »

– … très longtemps. Oh maman, maman ! Je pourrais l'étrangler de mes mains ! La garce ! La petite garce !

– Attends, Robert, ce n'est pas fini, écoute, c'est le pire : « Je ne suis pas très fier de ma pharce… »

– Nous sommes très fières de notre farce…, gémit Poutifard.

– « … et je n'aimerai pas recommencer ! »

– … et nous aimerions bien recommencer !

À cette dernière phrase, il ne put se contenir : il empoigna le cahier et le déchira en deux, puis en quatre, puis en huit, puis en seize. Enfin il jeta les morceaux au sol et les piétina avec acharnement.

– Elles me le paieront ! Ah les chameaux ! Au centuple ! Je vais… je vais les bousiller !

Il était au bord des larmes. Sa mère lui conseilla une fois de plus la patience. Il ne fallait réagir en aucun cas. Elles seraient bien trop contentes qu'on les soupçonne. La vengeance n'en serait que plus délicieuse, le moment venu.

Le jeudi, Poutifard rendit les cahiers corrigés et notés, sauf celui de Christelle Guillot, bien entendu. Comme elle s'en étonnait, il prit sa voix la plus mielleuse :

– Je garde chaque année un cahier de composition française en souvenir de mes élèves. Cette année, ce sera le tien parce que j'aime beaucoup ce que tu écris. Tu n'y vois pas d'inconvénient, Christelle ?

– Aucun, répondit la petite, et elle avait dans l'œil tant d'effronterie que Poutifard eut toutes les peines du monde à se retenir de l'assommer sur place.

10
La deuxième vengeance

Pendant les vingt années suivantes, Christelle Guillot et sa sœur jumelle Nathalie ne quittèrent jamais la région ni même la ville, contraignant Poutifard à les avoir sous le nez dès qu'il le mettait dehors, le nez. Elles le saluaient chaque fois avec empressement, ce qui l'obligeait à répondre.

– Bonjour m'sieur Poutifard ! claironnaient-elles, tout sourire.

– Bonjour mesdemoiselles…, grommelait-il dans sa barbe en évitant de les regarder.

Mais à peine rentré chez lui, il bouillait de rage. *Les hypocrites ! Les petites hypocrites !* Toutes deux s'en étaient assez bien tirées, ma foi. Après l'école, elles avaient d'abord travaillé quelques années comme coiffeuses. Puis Christelle avait trouvé un emploi dans un salon de beauté tout près de chez les Poutifard. Le mois suivant, elle y avait fait embaucher sa sœur, bien entendu. Elles se ressemblaient beaucoup : deux grandes filles pimpantes et sûres d'elles, abondamment maquillées et prêtes à faire exploser leurs pantalons blancs trop serrés. À la mort de leur père, en 1998, elles s'étaient soudain retrouvées à la tête d'un héritage inattendu. Après une année d'hésitation, elles avaient finalement franchi le pas, et c'est ainsi qu'à la fin du mois de juin 1999, à l'instant même où Robert Poutifard écrivait leurs deux noms sur son cahier de vengeance, Christelle et Nathalie Guillot écrivaient elles aussi leurs deux noms au bas d'un contrat : elles venaient d'acheter le salon de beauté.

Mme Poutifard estima qu'il était temps pour elle de passer à l'action et que, d'ailleurs, un salon de beauté n'était pas un endroit pour un homme.

— Tu as réglé l'affaire Lecain tout seul, dit-elle à son fils, cette fois je tiens à participer. J'irai moi-même jeter un coup d'œil à ce salon. J'en profiterai pour me faire épiler, tiens.

Il considéra les longs poils qui pendaient au menton, aux joues et dans les oreilles de la vieille dame, et il ne chercha pas à la dissuader.

— D'accord, se résigna-t-il, mais je veux que tu prennes un bon repas avant de descendre. Une faiblesse est vite arrivée…

— Tu as raison, Robert. Je vais manger un peu de purée et un petit bifteck de cheval…

Depuis l'exploit de Bourru, Mme Poutifard avait retrouvé une vigueur surprenante. Elle se levait de bon matin et ne regagnait son lit que pour sa sieste de l'après-midi. Elle s'exerçait à la marche le long du couloir et l'appétit lui était revenu au point que son fils s'en inquiétait parfois :

— Est-ce que tu digères bien tout ce que tu manges, maman ?

En milieu d'après-midi, il l'accompagna au bas de l'immeuble et la regarda s'éloigner. Dieu qu'elle était grande ! Il l'avait presque oublié à force de la voir allongée. Elle revint au bout d'un quart d'heure seulement, à peine fatiguée et toute guillerette :

— C'était fermé. Mais j'ai parlé avec les deux sœurs, et j'ai appris des choses… Figure-toi qu'elles rénovent. Les travaux s'achèveront dans trois semaines. Et tu sais comment elles vont appeler le nouvel établissement ?

— Non…

— *Christalie-Beauté*. Elles ont mélangé leurs prénoms.

— *Christalie-Beauté*… ricana Poutifard. Je vois qu'elles aiment toujours jouer avec les mots, ces petites malignes…

— L'inauguration aura lieu le dernier samedi de septembre, dans le petit jardin qui se trouve derrière le salon, poursuivit Mme Poutifard. Et tu sais quoi ? Je suis invitée ! Regarde !

Le carton d'invitation était ovale et liséré d'un motif argenté. Il exhalait un fort parfum de rose.

Tout le bon goût des sœurs Guillot! Mme Poutifard avait aussi rapporté un prospectus :

CHRISTALIE-BEAUTÉ
Épilation. Soins visage. Manucurie. Bronzage.
Soins de la peau…
Dans un cadre relaxant et agréable, Christelle,
Nathalie et leur équipe sauront vous choyer
et vous rendre plus séduisante.

– Qu'en dis-tu, Robert ?

– J'en dis que tu as fait du bon boulot, maman.

Ils se laissèrent le temps de réfléchir. Il s'agissait d'imaginer une vengeance délicieuse, et ça ne s'invente pas aussi facilement. Il fallut trois jours à Robert avant d'afficher son petit sourire prometteur.

– Tu sais, maman, je crois que je vais m'inviter aussi à l'inauguration. Je vais m'y inviter à ma manière…

Le lendemain et le surlendemain, il descendit au moins dix fois sur la place pour téléphoner de la cabine publique. Mme Poutifard s'en montra un peu vexée.

– Robert ! Qui appelles-tu ? Je croyais que nous devions travailler ensemble. Qu'est-ce que tu me caches ?

– Pardonne-moi, maman, mais c'est une surprise ! répondait-il.

Puis il se rendit dans un grand magasin de bricolage et revint avec une combinaison de travail, des gants de jardinier, des bottes en caoutchouc, ainsi qu'une dizaine de ces petits masques en papier qu'on porte pour se protéger de la poussière ou des odeurs. Ainsi équipé, il sortit toutes les nuits pendant une semaine, vers 11 h du soir. Il rentrait au petit matin, suant, puant, sale jusqu'aux oreilles, mais ravi. Il jetait ses vêtements à l'entrée de la salle de bains et prenait sa douche en sifflotant. Mme Poutifard les transportait du bout des doigts jusqu'à la machine à laver.

— Mais enfin, Robert... Qu'as-tu fait ? Tu es tombé dans les égouts ? Tu nettoies des écuries ?

Un dimanche matin enfin, c'était le 12 du mois, il sortit de l'armoire son vieux sac de voyage inutilisé depuis des lustres, y jeta sa trousse de toilette, quelques habits et embrassa sa mère.

— Je pars pour deux semaines, maman, ne t'inquiète pas.

— Deux semaines ! Mais où vas-tu ?

— Assez loin. Je vais apprendre à faire quelque chose... Une sorte de stage si tu veux...

— Un stage ? Et il te faut partir pour ça ?

— Il vaut mieux qu'on ne sache pas ici ce que je vais apprendre là-bas...

— Ah... Mais tu vas rater l'inauguration... Elle a lieu le 25.

— Je rentrerai juste pour l'inauguration.

— Alors tu me laisses seule...

Pour la consoler, il la prit doucement par le bras.

– Viens voir, maman…

Il l'entraîna dans la cuisine, écarta le rideau de la fenêtre.

– Regarde : d'ici on voit l'arrière du salon de beauté des sœurs Guillot. Le jour de l'inauguration, maman, tu ne seras pas là-bas dans le jardin. Non. Je te recommande vivement de ne pas y aller, tu vois ce que je veux dire. Tu seras dans cette cuisine, bien installée sur ton fauteuil que j'ai tiré ici pour l'occasion. À ton tour, tu assisteras au spectacle, avec les jumelles. Exactement comme je l'ai fait pour Bourru. Et je te jure que tu ne seras pas déçue… Seulement pour ça, il faut que j'aille apprendre à… faire quelque chose. Voilà, tu m'en veux encore ?

– Que de mystères, Robert…

– Je ne peux pas t'en dire plus, maman… J'en crève d'envie, mais ce serait trop dommage, je te jure…

– Alors file… Tu me téléphoneras, dis ?

Elle rajusta le col de la veste de son fils, et se laissa embrasser sur le front.

– Je te téléphonerai tous les soirs, maman. À bientôt.

– Va, mon garçon. Fais pour le mieux…

En marchant vers la gare, il réalisa qu'il n'avait plus quitté sa mère (si on excepte bien entendu la nuit terrible de juin 1978) depuis exactement vingt-sept ans, c'est-à-dire depuis la mort de ce bon M. Poutifard. Il ne put s'empêcher de pleurer et deux enfants étonnés se retournèrent sur ce colosse chauve de 133 kg qui allait à grandes enjambées, son sac à la main et les joues baignées de larmes.

Il tint parole et appela sans faute chaque soir de la semaine à 19 h. Comme sa maman ne savait pas ce qu'il faisait, et que lui ne voulait pas le dire, la conversation tournait un peu en rond :

— Alors, est-ce que tu progresses ? demandait-elle.

— Lentement, répondait Robert. Lentement. Je ne suis pas très doué et puis c'est quelque chose que je n'ai jamais fait, tu comprends…

— Tes collègues sont-ils sympathiques ?

— Ils sont jeunes, maman. J'ai deux fois leur âge…

— Ce n'est pas dangereux au moins ?

— Il faut être prudent…

— C'est salissant peut-être ?

— J'ai les vêtements qui conviennent, maman…

La pauvre vieille passait la moitié de ses nuits à s'interroger. Et quand elle finissait par s'endormir, elle rêvait de son fils. Elle le voyait plonger dans des gouffres marins, chevaucher des pur-sang, dresser des fauves, se lancer dans le vide…

Arriva enfin le samedi 25 septembre. À peine levée, Mme Poutifard jeta un coup d'œil au ciel. La journée s'annonçait belle. L'inauguration pourrait certainement avoir lieu en plein air, comme prévu. Pour patienter, elle descendit chez le boucher et acheta un gros poulet qu'elle cuisina aux épices toute la matinée en espérant le retour de son fils. Au déjeuner, comme il n'était toujours pas là, elle en avala les deux tiers et but toute seule une demi-bouteille de bordeaux. À 14 h, elle s'installa sur son fauteuil et braqua ses jumelles vers le jardin du salon de beauté dont on devinait seulement l'escalier de pierre, sur la droite. Elle aperçut bientôt les deux sœurs Guillot vêtues de blanc qui allaient et venaient, donnant des ordres à des jeunes femmes. Les unes tendaient des nappes de tissu bleu pâle sur les tables. D'autres accrochaient des guirlandes de fleurs entre de hauts piquets plantés dans la pelouse. Un peu plus loin, sur un podium, deux techniciens installaient le matériel de sonorisation et testaient le microphone. Vers 14 h 30, la camionnette d'un traiteur vint se garer dans la rue voisine et deux employés en descendirent plus de vingt-cinq plats. Malgré la distance, Mme Poutifard constata que les sœurs Guillot n'avaient pas lésiné : saumon, caviar et pâtisserie fine à volonté ! Elle se prit à regretter de ne pas être de la partie. Et Robert qui n'arrivait pas… Elle guettait sans cesse le bruit de son pas dans l'escalier, mais en vain. À 14 h 45, on apporta les boissons : jus de fruits, apéritifs et champagne.

Les gens arrivèrent dès 15 h. Beaucoup de couples : les hommes avec leur pull-over sur le bras ou bien noué autour du cou, les femmes en tenue légère, encore toutes bronzées de l'été. Christelle et Nathalie se précipitaient sur les arrivants et les embrassaient avec fougue. Mme Poutifard, sans les entendre, devinait leurs exclamations : « Oh ma chérie, comme je suis heureuse de te voir ! » « Comme c'est gentil d'être venu ! » « Mais tu es ravissante ! » À 15 h 15, on diffusa de la musique disco et une dizaine d'invités commencèrent à se dandiner, le verre à la main. Des éclats de voix et des rires parvinrent jusqu'aux oreilles de Mme Poutifard. Mais que faisait donc Robert ? Elle se demandait bien à quel moment il comptait intervenir, et surtout comment ! Est-ce qu'il allait surgir, portant une bassine d'eau à bout de bras, et la renverser sur la tête d'une des deux sœurs ? Est-ce qu'il allait se précipiter sur elles et leur arracher leurs vêtements pour qu'elles voient à leur tour combien il est agréable d'être nu en public ? Non. Robert avait inventé autre chose bien sûr. Mais quoi ?

Trente minutes passèrent. Mme Poutifard commença à en avoir assez. Elle baissa ses jumelles et se frotta les yeux. Lorsqu'elle les rouvrit, son regard tomba sur une grue géante stationnée sur le terrain vague, à quelques dizaines de mètres du jardin. Tiens, il y avait donc des travaux ici ? Elle ne l'avait pas remarqué. Et voilà que le bras de la grue se mettait en mouvement, accompagné du bruit régulier du moteur. On distinguait à l'œil nu la silhouette du grutier installé là-haut dans sa cabine, à plus de vingt mètres du sol. *Voilà des gens qui n'ont ni le vertige ni froid aux yeux*, se dit Mme Poutifard. *Un coup de vent et c'est la catastrophe.* Elle n'aurait pas supporté que son Robert exerce un métier aussi périlleux ! Elle replaça les jumelles devant ses yeux et, par curiosité, les dirigea vers la cabine. Quelle tête pouvait avoir cet homme perché dans le ciel et capable de manier son monstre de fer avec la précision d'un dentiste ?

D'abord elle ne crut pas ce qu'elle voyait. Elle le vérifia. Après l'avoir vérifié, elle ne le crut toujours pas. Elle vérifia une seconde fois et là, il lui fallut bien admettre la vérité : le grutier s'appelait Robert Poutifard et c'était son fils !

Elle reconnut sans risque d'erreur sa veste vert bouteille et son énorme tête chauve. *Robert, oh Robert ! Que fais-tu là-haut ? Tu vas te tuer !* Les mains tremblantes, elle avait du mal à stabiliser l'image dans les jumelles. Il lui sembla que son fils regardait dans sa direction et qu'il lui faisait un signe. Elle répondit de la main en murmurant faiblement : « Coucou ! » C'était stupide bien sûr. Il ne pouvait ni la voir, ni l'entendre… Rien de neuf du côté de l'inauguration. On dansait, on riait, on buvait. Personne, semblait-il, n'avait remarqué la grue si proche. Une des sœurs Guillot, Nathalie lui sembla-t-il, monta sur le podium et dit quelques mots. Il y eut des applaudissements. La flèche de la grue se trouvait maintenant au-dessus des invités, mais si haut qu'aucun d'eux ne la vit. À son extrémité, accroché à un câble, se balançait un énorme ballot de la taille d'un camion-citerne. *De l'eau !* comprit Mme Poutifard. *Il va les inonder ! Il va ouvrir le ballot et elles vont recevoir mille litres d'eau sur la tête !* Sa peur se transforma peu à peu en jubilation. Elle revit son fils pousser en caleçon la porte de leur appartement, ce vendredi 16 juin 1978, sanglotant, épuisé, affamé et surtout humilié. Et celle qui l'avait torturé si cruellement, celle qui depuis vingt ans le narguait sans être punie, montait à son tour sur le podium : Christelle Guillot ! Ainsi cette petite garce allait-elle payer ! Enfin ! Après tout ce temps !

La jeune femme portait un charmant chemisier décolleté et ses cheveux blonds flottaient effrontément sur ses épaules. Elle parla plusieurs minutes, interrompue souvent par des réflexions ou des rires. À l'évidence, les invités avaient bien profité des apéritifs. Au-dessus de leurs têtes, le ballot s'était presque stabilisé. Mme Poutifard, frémissante d'excitation, ne savait plus où diriger ses jumelles. Vers les victimes qui allaient recevoir une bonne douche gratuite ? Vers le ballot qui allait bientôt s'ouvrir ? Ou vers son fils, courageusement agrippé aux manettes de l'engin, prêt à larguer son chargement ? *Il attend sans doute le moment idéal pour agir,* se dit-elle. Ce moment arriva : tous les invités levèrent leur coupe de champagne et crièrent à l'unisson un sonore :

– Hip hip hip ! hourrah ! Hip hip hip ! hourrah ! Hip hip hip…

Au troisième « hourrah », le ballot se déchira comme un sac de papier et ce fut le déluge.

Mais ce n'était pas de l'eau…

Mme Poutifard le comprit en une fraction de seconde. Et, dans la même fraction de seconde, elle repensa aux sorties nocturnes de son fils, à ses vêtements répugnants. C'était donc ça! Il avait fait les poubelles! Il avait collecté nuit après nuit le contenu de centaines de poubelles! Il avait ouvert les uns après les autres des milliers de sacs et stocké, Dieu sait où, des quintaux d'ordures ménagères qu'il déversait maintenant en une seule et prodigieuse avalanche. Elle en poussa un véritable rugissement d'allégresse.

— Ah mon fils! Mon fils! Comme tu me fais plaisir! Comme tu me combles!

Les déchets tombèrent d'abord en un bloc compact pendant une dizaine de mètres, puis ils se dispersèrent en un faisceau si large qu'il obscurcit de son ombre la fête d'inauguration. Les invités levèrent les yeux et virent fondre sur eux environ une tonne et demie de détritus. Il y avait là de quoi écœurer un porc: des peaux de melon avec pépins et jus, des bananes noirâtres et presque liquides, des couches de bébés bien pleines, des pansements usagés, des restes moisis de pizza, des entrailles et des têtes de poissons, des choux en décomposition, des tomates pourries, de la viande avariée...

Tout cela s'abattit sur les convives stupéfaits avant même qu'ils aient le temps de baisser leurs verres. Les chemises printanières, les corsages à dentelle, les coiffures permanentées, les chemisiers blancs, tout se trouva aussitôt couvert des saletés les plus immondes.

Les femmes hurlèrent. Christelle Guillot, la tête dégoulinante d'un jus de viande répugnant, appelait à l'aide sa sœur qui suffoquait sous un mélange de ratatouille et de marc de café.

– Alors, petites garces ? jubilait Mme Poutifard, toujours « fières de votre farce » ? Toujours « prêtes à recommencer » ?

Elle dirigea ses jumelles vers la cabine de la grue et il lui sembla que Robert lui faisait signe de nouveau. Mais cette fois, il désignait quelque chose à la pointe de la flèche. *Que veux-tu me dire, mon garçon ? Tout est tombé maintenant... Il ne reste rien...* Comme il insistait, elle regarda tout de même là où pointait son doigt et elle éclata d'un rire énorme.

Un petit mouchoir en papier venait d'être largué à son tour et il descendait en voletant avec grâce vers les invités.

– Essuyez-vous ! Essuyez-vous donc !

Elle s'en étranglait.

– Robert ! Ah mon Robert, quel artiste tu fais !

L'instant d'après, il avait disparu de la cabine. Elle le retrouva sur l'échelle d'accès. Il descendait à vive allure, comme un gros insecte accroché aux barreaux métalliques. Une fois à terre, il décampa à toutes jambes et disparut derrière le bâtiment voisin, abandonnant la grue là où elle était.

Moins d'un quart d'heure plus tard, il sonnait à la porte de l'appartement et tombait dans les bras de sa mère.

– Tu as vu, maman ? Tu as vu ?

– J'ai tout vu, Robert. L'avalanche, le petit mouchoir de papier à la fin, tout. C'était magnifique !

Ils burent ensemble le reste de la bouteille de bordeaux, heureux comme des enfants. Un instant tout de même elle s'inquiéta :

– Et si tu étais pris ? Tu aurais de gros ennuis…

– Aucune chance ! répondit-il. J'ai fait mon stage de grutier à Bordeaux et j'ai loué la grue sous un faux nom à Besançon ! C'est la Maxi MD 345 de chez Potain, un petit bijou, ça se pilote plus facilement que ma deuche ! Ils viennent la récupérer lundi. Ne t'en fais pas, maman.

Le soir même, il ouvrit son cahier de vengeance et barra d'une croix la photo des deux sœurs Guillot. En dessous, il écrivit avec un plaisir immense et en grosses lettres rouges :

VENGEANCE RÉUSSIE
LE 25 SEPTEMBRE 1999.
AFFAIRE CLASSÉE.

11
Un coup de foudre

Pierre-Yves Lecain avait infligé à Poutifard en avril 1967 une terrible humiliation, devant sa classe entière, devant l'inspectrice elle-même, et sa carrière en avait cruellement pâti. Dix ans plus tard, les sœurs Guillot l'avaient plongé dans un véritable cauchemar éveillé mais, par miracle, personne n'en avait été témoin. Audrey Masquepoil, elle, lui valut, au mois de mai 1988, son plus grand chagrin.

Les premiers beaux jours avaient mis les gens dehors. On flânait paisiblement dans les allées de la ville, dans les parcs, sur les bords de la rivière. Les amoureux allaient main dans la main, ils se souriaient et s'embrassaient sur les bancs publics. Poutifard, lui, se promenait seul, en fin d'après-midi. Il marchait tête baissée, pensif, et il évitait de trop regarder autour de lui. Le bonheur des autres peut faire mal quelquefois. Aussitôt rentré, il dressait la table pour le dîner que sa mère était encore capable de préparer dans ces années-là. Pendant le repas, il leur arrivait de parler du bon vieux temps, celui où M. Poutifard père était en vie, ou bien de la journée de travail de Robert, mais le plus souvent tous deux mangeaient sans rien dire, la fenêtre ouverte.

Un soir, Mme Poutifard rompit tout à coup le silence :

– Tu sais, Robert...

– Oui maman ?

Elle semblait hésitante. Elle s'essuya la bouche avec trop de soin.

– Oui, si jamais tu... je veux dire au cas où tu rencontrerais... chaussure à ton pied... enfin une jeune femme par exemple... Tu es en âge de te marier, tu...

Poutifard, qui allait sur ses quarante-sept ans, rougit jusqu'aux oreilles. C'était la première fois que sa mère abordait ce sujet délicat. Il bredouilla piteusement :

– Mais maman je... je n'ai rencontré personne... je...

– Je sais bien, Robert. Mais je voulais seulement que tu le saches : au cas où ça arriverait, eh bien je ne serais pas contre... Je me débrouille très bien toute seule, tu le vois... Il serait préférable évidemment que vous n'habitiez pas trop loin, c'est tout.

– Bon…, répondit-il, un peu désarçonné. Mais je te jure que pour le moment…

Ils n'en parlèrent pas davantage. Cependant, à compter de ce soir-là, Poutifard ne pensa plus qu'à ça. Il y pensa tout le reste du printemps, il y pensa tout l'été. Il y pensait encore quand la rentrée arriva, à l'automne 1988.

Comme chaque année, le directeur réunit toute son équipe dans la salle des maîtres et fit pour commencer les présentations d'usage :

– En cette rentrée, dit-il, nous accueillons dans notre établissement plusieurs arrivants : tout d'abord Mlle Haignerelle qui sera la maîtresse des CE 2. Bienvenue mademoiselle !

Les têtes se tournèrent vers la jeune femme blonde qui adressa à tous un gentil sourire en murmurant :

– Je m'appelle Claudine…

Poutifard fut aussitôt comme frappé par la foudre et surtout percuté par cette évidence lumineuse : *C'est elle !*

Il n'entendit plus rien de ce que dirent ses collègues et le directeur. Leur bavardage résonnait comme une musique lointaine et sans intérêt. Il passa toute la matinée à cet unique exercice : croiser le regard bleu de Claudine Haignerelle. Plus il l'observait et plus il était conquis. Sa silhouette gracieuse, la souplesse de ses doigts, sa façon de repousser ses cheveux de la main, de plisser les yeux, de sourire, de marcher… Toute sa personne lui plaisait infiniment. Elle devait avoir dans les trente-cinq ans, estima-t-il. Et le directeur l'avait appelée « mademoiselle »... *Ne nous affolons pas !* essaya-t-il de se calmer. *Après tout elle a peut-être un fiancé... Tu ne sais pas si elle est libre...* En dépit de ses efforts, il ne parvenait pas à se raisonner et son esprit s'emballa comme un cheval au galop.

Les jours suivants, dans la salle des maîtres, il n'osa pas lui parler mais il réussit à attraper des bribes de conversation. Il apprit que la demoiselle avait un petit studio en ville, qu'elle ne possédait pas de voiture, qu'elle avait un chat. Un matin, elle demanda ce qu'on pouvait faire d'intéressant ici, le week-end. Autant de signes clairs pour Poutifard : cette jeune femme vivait seule.

Sa vie bien réglée s'en trouva soudain bouleversée. Il n'eut bientôt plus qu'une obsession : la voir, être près d'elle, entendre sa voix, sentir son odeur. Les mercredis lui semblèrent vides, et les week-ends insupportablement longs. Il ne parvenait plus à lire. L'appétit et le sommeil commencèrent à le fuir.

– Tu devrais voir le docteur, lui conseilla sa mère.

Ce n'est pas le docteur que j'ai envie de voir, songeait-il.

Juste avant la Toussaint, il tomba des cordes. Au moment où Poutifard démarrait sa 2 CV sur le parking de l'école, il aperçut Mlle Haignerelle qui attendait sous le porche. Il repoussa du coude la vitre de sa portière.

– Vous n'avez pas de parapluie ?

Elle éclata de rire.

– Non ! Je le prends tous les jours et aujourd'hui… je l'ai oublié !

– Je vous emmène !

Cinq secondes plus tard, elle était assise à côté de lui, qui n'en revenait pas de sa chance. La pluie tambourinait sur la capote de la voiture, les obligeant à parler très fort, c'était amusant. Tout s'était passé si vite qu'il n'avait même pas eu le temps d'avoir peur !

– Vous habitez loin ? cria-t-il.

– Non ! Je vous montrerai…

Il démarra le moteur et appuya sans succès sur le bouton des essuie-glaces.

– Ils ne marchent pas ? demanda la jeune femme.

– Si, mais seulement quand il fait beau ! répondit-il. C'est comme vous avec votre parapluie…

Il donna un vigoureux coup de poing sur le tableau de bord et les balais noirs se déchaînèrent aussitôt sur le pare-brise.

– Dites donc, on n'en voit plus beaucoup, des 2 CV Citroën ?

– Non, elle est comme son maître, un oiseau rare !

Elle rit et il s'étonna de se sentir aussi drôle, aussi détendu. Il aurait volontiers roulé jusqu'au bout du monde avec sa jolie passagère. Ils se garèrent juste devant chez elle.

– Et voilà. Je vous remercie vraiment. Sans vous je me serais trempée.

– De rien. On se revoit demain à l'école…

– C'est ça, demain à l'école…

Il y avait tant de promesses dans son sourire qu'il en fut submergé de bonheur. Elle courut jusqu'à la porte de son immeuble avec son cartable sur la tête et de là elle lui demanda par signes :

– Vous voulez monter boire un verre ?

– Non, une autre fois…, répondit-il par signes également.

– C'est promis ? demanda-t-elle.

– C'est promis ! répondit-il et ils rirent ensemble de leurs gesticulations.

Sur le chemin du retour, il lui sembla qu'il avait quinze ans et qu'il était amoureux pour la première fois.

Tandis que tous leurs collègues se tutoyaient, ils continuèrent à se dire vous pendant plusieurs semaines. Ils prirent l'habitude de petites promenades le mercredi après-midi. Il lui montra les rues pittoresques de la ville, ils visitèrent dans les environs les églises romanes auxquelles elle s'intéressait. Ils se promenèrent ensemble dans les parcs, s'assirent dans les cafés…

Le bruit courut bientôt qu'ils avaient une liaison et, un matin de novembre, toute l'école découvrit en passant devant le tableau d'information cette inscription maladroite écrite au crayon à papier : « Poutifard + Haignerelle = Amour éternel ».

Très contrarié, il se confia le soir même à sa mère qui de toute façon se doutait déjà de quelque chose.

Elle se montra ravie et le félicita comme s'il avait annoncé son mariage prochain.

— Attends, maman, attends..., dut-il la tempérer. Pour l'instant il n'y a rien de vraiment... définitif.

Concernant l'inscription, elle eut ce commentaire :

— Pour faire taire les ragots, le mieux est de leur donner raison !

— Qu'est-ce que tu veux dire, maman ?

— Il faut que tu te déclares, Robert.

— Que je me déclare ?

— Oui, tu dois te fiancer. Et rapidement. Ça les fera taire !

— Mais, maman... Tu ne veux pas faire sa connaissance d'abord ?

— Je te fais confiance, Robert. D'après ce que tu me dis, elle a l'air charmante cette petite.

Il s'ensuivit une longue conversation sur la stratégie à tenir. Mme Poutifard se fit apporter sa tisane dans sa chambre et, allongée dans son lit, elle entreprit de donner à son fils ses conseils les plus avisés. Assis au bord du couvre-lit brodé à l'ancienne, Poutifard l'écouta sagement. Il l'interrompit cependant plusieurs fois avec cette question un peu inquiète :

— Es-tu certaine que ça se fasse toujours ?

— Et comment ! ripostait-elle en trempant un boudoir dans sa tasse. C'est éternel, tu sais. Ton pauvre père m'a eue comme ça. Une femme n'y résiste pas, je te le garantis, mon garçon.

Et, s'il insistait, elle se mettait presque en colère :

– Robert ! Pour les histoires de voiture et de perceuse électrique, je t'écoute. Pour les affaires de cœur, je te prie de m'écouter, tu veux bien ?

C'est ainsi que trois jours plus tard Robert Poutifard poussa, le cœur battant, la porte de la meilleure bijouterie de la ville.

– Ce serait pour une bague de fiançailles…

– Mais bien sûr, monsieur, asseyez-vous.

Ils s'assirent de part et d'autre d'une petite table. La bijoutière, une jolie femme en tailleur de marque, alla chercher une mallette et l'ouvrit devant lui.

– Voilà. Vous avez tous ces modèles. Celui-ci par exemple est tout simple avec son petit saphir, celui-là un peu plus sophistiqué, voyez l'émeraude… ensuite vous avez cette série…

Elle lui en montra tant qu'il en eut bientôt la tête à l'envers. *Si j'avais su, j'aurais amené maman*, se reprocha-t-il.

– Que pensez-vous de celle-là ? demandait la bijoutière en lui présentant une bague dans la paume de sa main.

– Très jolie, bredouillait-il, très jolie…

Devant son embarras, elle prit le problème autrement :

– Quelle taille de doigt a la personne ?

– Oh, à peu près comme vous, répondit-il.

Elle entreprit alors d'essayer les bagues, mais sans davantage de succès. Il n'y voyait plus rien.

112

— Au fait, demanda-t-elle soudain, à quel budget aviez-vous pensé ?

— Oh, je ne serai pas regardant, dit-il. Après tout, c'est une fois dans sa vie…

Elle marqua alors un petit temps de réflexion, puis ajouta à voix plus basse car une cliente venait d'entrer dans la boutique :

— Alors il y a aussi… les diamants. Nous pouvons vous en monter un sur n'importe laquelle de ces bagues, sur celle-ci par exemple, mais là nous passons euh… à une tout autre catégorie de prix…

— C'est-à-dire ?

Au lieu de répondre, la bijoutière prit un petit carton dans le tiroir de la table et inscrivit la somme dessus. Poutifard crut d'abord qu'elle s'était trompée. Cela représentait quatre mois de son salaire.

— Évidemment, argumenta la jeune femme, cela devient un cadeau inestimable. Ce genre de cadeau qu'on garde très précieusement toute sa vie, qu'on transmet ensuite à ses enfants. La personne en serait très émue, je vous l'assure. Et nous vous consentirions volontiers une petite remise.

Poutifard se sentit pris de vertige. « La personne sera très émue… Des enfants… Toute la vie… » Ces mots le touchaient au cœur. Il se fit montrer un diamant, il se fit expliquer comment on le sertirait et, au bout d'un quart d'heure, il prononça enfin les mots qui mirent un terme à l'entretien :

— Bon… C'est d'accord…

Le visage de la bijoutière ne laissa paraître aucune émotion, elle redoubla seulement de politesse et d'attention.

– Au fait, demanda-t-elle encore comme il se levait pour partir, voulez-vous qu'on grave les prénoms à l'intérieur de la bague, monsieur Poutifard ?

Il hésita. *Robert et Claudine*... ça sonnait bien.

– Je ne sais pas trop... Qu'en pensez-vous ?

– Écoutez, conclut-elle, nous ne les mettrons pas mais, si vous changez d'avis, passez-nous donc un petit coup de téléphone.

Elle lui serra la main avec chaleur et le raccompagna à la porte.

– Au revoir, monsieur Poutifard. À mardi prochain comme convenu. La bague sera prête.

Quelques secondes plus tard, il marchait dans la rue sans savoir au juste si ses pieds touchaient bien le sol.

12
La bague

Comme on atteignait la mi-décembre, que la bague attendait depuis presque trois semaines dans l'armoire et que Poutifard ne s'était toujours pas « déclaré », sa mère s'impatienta :

– Qu'attends-tu Robert ? Qu'un autre te la chipe sous le nez ? Tu aurais bonne mine… Allez, il faut que ce soit fait avant la Noël… Décide-toi, nom d'une pipe !

Il lui fallut beaucoup de courage. Parler d'amour est une chose difficile. Et puis il était très incertain quant aux sentiments de Claudine. Et si elle le repoussait ? D'un autre côté, sa mère avait raison : attendre ne servait à rien.

Curieusement, le jour même où il était résolu à passer à l'action, ce fut elle qui fit le premier pas. Profitant de ce qu'ils étaient seuls dans la salle des maîtres, elle lui demanda, rougissante :

115

– Et si je vous invitais à dîner chez moi samedi soir…

Il vit dans cette coïncidence une preuve supplémentaire de leur parfaite harmonie.

– Oh… avec plaisir… très volontiers… Je voulais aussi vous inviter à la maison, mais avec ma mère ce n'est pas facile, vous savez bien, à son âge…

– Je comprends… Mais je vous préviens, ce sera tout simple… À la bonne franquette comme on dit. Y a-t-il quelque chose que vous n'aimez pas ?

– J'aime tout, répondit-il.

Et il pensait : *J'aime tout de vous, Claudine, des pieds jusqu'à la tête… Il n'y a rien que je n'aime pas…*

La semaine lui parut durer un mois et le samedi un siècle. Dès le matin, sa mère lui repassa chemise et pantalon qui attendirent toute la journée sur le dos du canapé. L'après-midi, il alla marcher dans le parc pour se détendre et, en revenant, il acheta, sur les conseils de la fleuriste, un très beau bouquet de camélias. À 19 h, il prit une douche, se parfuma discrètement et s'habilla. Sur le palier, sa mère le fit tourner une fois sur lui-même.

– Ça va. Tu es très bien. Tu as le cadeau au moins ?

Il tapota la poche de sa veste.

– Je l'ai, maman.

– Et un mouchoir ? Tu as pris un mouchoir ?

Il tapota l'autre poche.

– J'en ai un, maman.

– Dis-lui qu'elle mette le bouquet tout de suite

dans un vase, hein… Est-ce qu'elle aura seulement un vase ?

– Certainement… Elle en aura certainement un.

– Bon. Alors descends maintenant. Je te ferai coucou par la fenêtre…

Mlle Haignerelle habitait un petit studio sous les toits. Poutifard grimpa à pied les quatre étages et reprit son souffle avant de sonner à la porte. Elle lui ouvrit, radieuse, dans une robe saumon qu'il ne lui avait jamais vue à l'école. Elle mit ses deux mains devant sa bouche en découvrant le bouquet.

– Robert, oh ! Mais il ne fallait pas ! Mon Dieu qu'elles sont belles !

– Oh ce n'est rien, dit-il, et il pensait : *Si tu savais ce que j'ai dans ma poche, ma jolie, tu garderais tes remerciements en réserve…*

Et, tandis qu'elle s'affairait pour ordonner les fleurs dans un vase, il jubilait par avance à l'idée du bonheur qu'il lui donnerait bientôt.

Ils burent un porto assis sur le sofa, puis passèrent à table. Elle avait préparé une salade exotique et des endives au jambon gratinées. En lui tendant la bouteille de vin et le tire-bouchon, elle s'excusa :

– Pardon, je vous fais travailler… Je n'y arrive pas toute seule… Figurez-vous qu'il m'arrive de rester devant un pot de confiture sans pouvoir l'ouvrir ! C'est très agaçant !

– *Oh, Claudine, si vous le vouliez bien,* se disait Poutifard, *je vous ouvrirai tous vos pots de confiture, jusqu'à la fin de ma vie, et vos bocaux de cornichons aussi, vos pâtés de lièvre, tout...*

Ils bavardèrent de l'école, des collègues, du directeur et, le vin aidant, ils s'enhardirent à se moquer des uns et des autres. C'était bon de plaisanter ensemble, d'être complices. Après le fromage, il y eut un silence. Leurs regards se rencontrèrent, puis se séparèrent. Ils en furent presque gênés. Le cœur de Poutifard se mit à battre très fort. Elle se leva.

– Je vais chercher le dessert...

Il estima que le moment était venu. Il alla prendre le petit paquet dans la poche de sa veste qui était suspendue au portemanteau, et il le disposa derrière l'assiette de Claudine, appuyé contre son verre de vin. Il avait à peine repris sa place qu'elle revenait avec une mousse au chocolat hérissée de quatre cigarettes russes.

– Vous aimez la mousse au chocolat ? J'y ai râpé un peu d'écorce d'orange, vous ne craignez pas, j'espère ? Mais... qu'est-ce que c'est ?

– Une surprise..., murmura Poutifard. Une surprise pour vous...

À partir de cet instant, il lui sembla que tout se déroulait au ralenti. Elle posa le plat sur la table, s'assit, tendit le bras vers le cadeau, le délivra de son papier. Dès qu'elle reconnut un écrin de bijouterie, elle secoua doucement la tête.

– Robert, mais vous êtes fou... Il ne fallait pas... J'ouvre ?

Il hocha la tête et lui sourit. Bien sûr qu'il fallait ouvrir. Elle souleva délicatement le couvercle et découvrit le bijou qui étincelait sur son lit de soie. Elle l'observa quelques secondes, leva les yeux vers Poutifard, revint à la bague.

– Elle est… elle est magnifique…

Elle la prit dans sa paume, puis entre le pouce et l'index, enfin elle l'inclina et l'approcha de ses yeux.

Il advint alors une chose parfaitement incroyable et qu'il ne devait plus jamais oublier. Depuis presque un mois que la bague attendait dans l'armoire de sa chambre, il avait pourtant eu le temps d'imaginer tous les scénarios possibles, même les plus fous. Tantôt Claudine fondait en larmes dans ses bras : « Robert, oh Robert, j'ai tellement attendu ce jour… je suis tellement heureuse… je vous aime. » Tantôt elle lui jetait le cadeau au nez : « Dites donc, espèce de vieux goujat, mais qu'est-ce que vous croyez ? » Il avait pensé au pire. Par exemple, elle éclatait en sanglots et avouait : « Je vous demande pardon, je vous ai caché la vérité. Je suis déjà mariée et j'ai quatre enfants. Oh, comme je m'en veux, comme j'ai honte ! »

Rien de tout ça n'arriva. Non. Ce fut beaucoup plus simple et beaucoup plus terrible. Le visage de Claudine Haignerelle pâlit, se décomposa, elle ouvrit la bouche et balbutia d'une voix éteinte :

– Mais… mais… je ne m'appelle pas Christiane…

Ils restèrent l'un et l'autre pétrifiés pendant

quelques secondes. Lentement, elle reposa la bague dans l'écrin et le lui tendit. Il chaussa ses lunettes qui étaient posées à gauche de son assiette et se pencha à son tour sur la bague. À l'intérieur de l'anneau, on avait gravé dans l'arrondi et en élégantes petites lettres minuscules : « Robert et Christiane ».

– Je… je ne comprends pas…, bredouilla-t-il.

Ses mains tremblaient. Il se mit à suer.

– Je crois bien que moi je comprends, dit-elle, et ses lèvres se pincèrent. Je comprends qu'une bague de fiançailles coûte cher et qu'il est plus avantageux d'utiliser plusieurs fois la même…

Il eut l'impression d'avoir reçu une rafale de mitraillette dans la poitrine.

– Mais Claudine ! C'est faux ! Je n'aurais jamais… Je vous jure que…

– Ne jurez pas ! Remettez cette chose dans votre poche et n'en parlons plus !

– Mais enfin ! Je ne connais pas de Christiane !

– Je vous en prie, n'ajoutez pas le mensonge à la muflerie !

Il suffoqua sous l'injure. Que fallait-il dire ? Faire ? La violence de l'injustice lui ôtait tout raisonnement.

– Servez-vous ! dit-elle en poussant vers lui la mousse au chocolat. Ça ne coûte rien, profitez-en…

– Je n'ai plus très faim, répondit-il.

– Moi non plus, dit-elle.

Il y eut une pause. Ils se tinrent immobiles et

muets pendant quelques minutes, désemparés l'un et l'autre, incapables de se regarder.

– C'est une erreur…, finit-il par murmurer. Une effroyable erreur… la bijouterie…

– Oui, l'interrompit-elle sèchement. Je crois moi aussi que c'est une erreur. Mais pas de la bijouterie. Vous vous êtes mélangé dans vos bagues. Vous les avez confondues. Combien y en a-t-il dans vos tiroirs ? Cinq ? Dix ? Quinze ? Robert et Martine ? Robert et Françoise ? Robert et Cathy ? Robert et…

Elle renversa sa chaise en se levant et disparut dans la salle de bains.

– Claudine ! l'appela-t-il. Je vous jure…

Il se retrouva seul et, dans son désarroi, il perdit tout contrôle de ce qu'il faisait. Machinalement, il se mit à puiser à grandes cuillerées dans la mousse au chocolat. Quand il reprit conscience, c'était trop tard, il avait pratiquement vidé le compotier. Il jeta la cuillère par terre. *Qu'est-ce que j'ai fait ? Je suis fou !*

Quand elle revint, il remarqua qu'elle avait les yeux rouges. Elle avait dû beaucoup pleurer dans la salle de bains. Elle vit la mousse au chocolat aux trois quarts mangée, l'assiette propre et la cuillère par terre. Mais elle n'en était plus à ça près. À goujat et menteur, il suffisait maintenant d'ajouter goinfre… Elle ne fit aucun commentaire. Elle se posta seulement près de la veste de Poutifard et attendit, les yeux fixés sur le plancher. Le message ne souffrait d'aucune ambiguïté. Il enfila donc sa veste. Elle ouvrit la porte. Il passa devant elle et sortit.

– Au revoir, dit-elle.

– Au revoir, répondit-il, en état de choc.

D'abord, il ne retrouva plus sa 2 CV, puis il effectua tout le trajet sans passer la troisième tant son esprit était confus. Dans l'escalier de son immeuble, il réalisa qu'il allait devoir annoncer la catastrophe à sa mère. Plein de rage, il fit demi-tour et remonta dans sa voiture. Il sonna dix fois à la porte de la jeune femme. Elle ne répondit pas. Il tambourina des deux poings :

– Claudine, ouvrez-moi…

– Laissez-moi dormir, répondit-elle.

Ils se revirent le lundi matin à l'école. Tous deux avaient les yeux cernés. *Le manque d'amour*, pensa-t-il. *Nous sommes fatigués par le manque d'amour…*

Quand elle dut s'adresser à Poutifard, pour la première fois elle le tutoya. Deux jours avant, il y aurait vu un désir de plus grande intimité et s'en serait réjoui. Là, il comprit que cela signifiait exactement le contraire : elle le traiterait dorénavant comme un simple collègue, ni plus ni moins. Un parmi les autres. Elle se montra d'excellente humeur avec tout le monde, elle plaisanta à tout propos. Il la supplia du regard, mais elle le repoussa chaque fois : « Qu'est-ce que tu veux ? Qu'est-ce qu'il y a ? »

Dès le lendemain, il se rendit à la bijouterie. On fut étonné de le voir revenir.

— Un problème, monsieur Poutifard ?

— Non, j'aurais seulement voulu savoir qui vous a demandé de graver les prénoms sur la bague.

— Mais, votre nièce, monsieur Poutifard, au téléphone… Vous étiez à côté d'elle quand elle a appelé. C'est ce qu'elle a dit en tout cas. Il ne fallait pas ?

— Si, c'est parfait. Parfait… *Sauf que je n'ai pas de nièce…*

Pendant toute la semaine, Claudine Haignerelle se montra étonnante dans son numéro de vaillante petite chèvre qui fait front dans l'adversité, et cela continua après les vacances de Noël. Alors Poutifard admit enfin l'évidence : il n'y aurait aucune réconciliation avec elle. Jamais. Un dimanche soir, il marcha le long de la rivière jusqu'à cet endroit plus profond où il était déjà venu quelquefois, les jours de grande tristesse. Il regarda couler l'eau grise et hésita. Qu'allait-il y jeter ? Son gros corps lourd de chagrin ou bien seulement cette bague désormais inutile ? Il pensa à sa vieille mère qui l'attendait dans l'appartement, qui sans doute était en train de lui préparer son dîner. Alors, entre les deux plouf ! le grand et le petit, il choisit le petit. Il prit la bague, la jeta loin et s'en alla avant même qu'elle ne disparaisse dans l'eau.

D'après Mme Poutifard, il n'y avait qu'une seule explication : quelqu'un avait assisté à l'achat du bijou. Qui d'autre sinon aurait pu être dans le secret ?

— En as-tu parlé autour de toi, Robert ?

— Mais non, maman, bien sûr que non.

– Alors tu vois ! Étais-tu seul avec la bijoutière dans le magasin ? Essaie de te souvenir… Fais un effort, bon sang !

Il ne se rappelait rien. Une cliente était entrée. Oui, peut-être…

– Et comment était-elle ?

– Je ne sais plus. Je me suis seulement dit que je la connaissais, je crois…

– Tu vois, tu vois, ça te revient ! Creuse-toi, nom d'un chien !

Trois nuits passèrent, et au milieu de la quatrième, il se réveilla en sursaut.

– Mme Masquepoil !

Il sauta du lit et courut dans la chambre de sa mère.

– Maman, maman, réveille-toi. J'ai trouvé ! C'était Mme Masquepoil !

– Qui ? Quoi ? balbutia la vieille dame endormie.

– La cliente du magasin, c'était Mme Masquepoil.

– Ah, et elle a une fille ?

– Oui.

– Dans ta classe ?

– Oui.

– Et comment elle s'appelle, cette bonne petite ?

– Audrey. Audrey Masquepoil.

13
Audrey Masquepoil

En inscrivant, onze ans plus tard, le nom d'Audrey Masquepoil en troisième position sur sa liste de vengeance, Robert Poutifard ne risquait guère de se tromper. Cette odieuse gamine lui avait sans doute valu une vie de solitude. Oh, il avait bien songé, dans les années qui suivirent le drame, au recours d'une agence matrimoniale, mais il soupçonnait Claudine d'avoir la même idée que lui. *Avec ma veine, s'était-il dit, je suis sûr de tomber sur elle au premier rendez-vous… Et il n'avait pas eu envie qu'elle lui passe la seconde couche !*

– Je l'ai vue l'autre jour à la télévision ! s'exclama Mme Poutifard au déjeuner.

– À la télévision ? Et en quel honneur ? À la rubrique « faits divers » au moins ?

– Pas du tout. Elle chante.

– Elle chante ? L'opéra ?

– Non, c'était une émission de variétés. Des niaiseries pour les gamines de dix ans.

– Et elle a gardé son nom ?

– Son prénom seulement. Elle se fait appeler Audrey. Audrey tout court.

– Intéressant… Très intéressant…

Poutifard se frotta les mains. Il ne savait pas encore au juste quel sort il réserverait à la jeune Audrey, mais il se réjouissait déjà de cette troisième et dernière vengeance. Le plein succès des deux premières les avait plongés, sa mère et lui, dans une sorte d'euphorie. En un mois à peine, ils avaient réussi deux opérations remarquables, spectaculaires et… impunies. Mme Poutifard en particulier avait définitivement retrouvé jeunesse et vitalité.

– Ne t'exalte pas trop, tout de même, maman ! la réprimandait son fils.

– Ne t'en fais pas pour moi, Robert. J'ai l'impression de revivre. Alors, on s'y met ou quoi ?

Bien décidée à être de la fête cette fois, elle se rendit elle-même chez le marchand de journaux et en revint avec une brassée de magazines bariolés destinés aux préadolescentes.

– Regarde, Robert ! Je t'apporte de la lecture ! Elle est drôlement célèbre, cette petite punaise !

Audrey, puisque tel était son nom désormais, faisait plusieurs couvertures, et elle occupait de nombreuses pages intérieures. Elle paraissait bien jeune.

— On lui a fait ôter son appareil dentaire pour les photos…, plaisanta Poutifard.

— Ça ne sait même pas chanter et ça devient vedette en trois jours ! pesta sa mère. De mon temps, il fallait des années pour percer. Et de la voix ! Aujourd'hui, elles piaulent dans un micro, on dirait des pintades qu'on égorge. Ah, Édith Piaf, c'était autre chose… Et ça gagne en six mois plus que toi en une vie… Tiens, elle a donné une interview, écoute.

— Je t'écoute, maman.

— « Audrey. L'interview-vérité », commença Mme Poutifard.

— Ça promet…, soupira son fils.

— « Audrey, tu connais la règle du jeu : tu dois répondre toute la vérité. Tu as un seul joker. Tu es prête ? – Oui. – Alors on y va : quel est le meilleur souvenir de ta carrière ? – L'enregistrement de mon premier CD. – Ton pire souvenir ? – Je n'en ai pas encore. »

— Ça va venir, ma mignonne, ne t'en fais pas…, commenta Poutifard. Continue, maman.

— « Quels sont tes projets ? – Enregistrer un deuxième CD. – Quelle est ta couleur préférée ? – Le bleu. »

— Passionnant !

— « Quels sont tes hobbies préférés ? – Grignoter

devant la télé, sortir avec mes copines et jouer avec mon frère. »

– Ah bon, se moqua Poutifard, pas l'opéra ni l'astronomie ?

– « As-tu un petit ami ? – Oui. – Quel est son prénom ? – Brendan. – Quel est ton nom de famille ? – Joker. »

Poutifard éclata de rire :

– Je la comprends ! Pour faire carrière quand on s'appelle Masquepoil, c'est dur !

Il tomba à son tour sur une double page consacrée à la chanteuse.

– Écoute ça, maman. « Prénom : Audrey. Taille : 1,65 m. Poids : 53 kg. Yeux : bleus. Cheveux : châtain clair. Surnom : Doudou. Nom de famille : top secret ! » Dis donc, j'ai l'impression qu'elle fait un drôle de blocage sur son nom, Mlle Masquepoil…

Dès le lendemain, ils se procurèrent le disque compact de la chanteuse et le passèrent dans le salon, au moment du café.

– Si ton père entendait ça ! soupira Mme Poutifard, lui qui n'écoutait que de la grande musique dans son atelier, tu te souviens ?

Ils trouvèrent les paroles consternantes et les mélodies insupportables.

– Si encore on y comprenait quelque chose ! dit Poutifard en parcourant d'un œil distrait les textes des chansons. Écoute-moi ça :

Qui dira le mystère
du temps qui s'accélère ?
Le secret des enfants
qui ont déjà mille ans ?

Je vois la vie qui file
dans ton corps trop fragile.
Personne ne sait pourquoi
tu es comme ça
comme ça
comme ça…

Et pourtant chaque jour
je t'aime davantage
parce qu'il y a urgence
urgence
d'amour.

– Qui peut bien lui écrire ces sottises ? demanda Mme Poutifard.

– C'est elle qui l'a écrite, celle-là, répondit son fils. Paroles et musique !

– Ça se voit !

Au fil des jours, il leur vint la conviction que le pire affront qu'ils pourraient infliger à Audrey serait de divulguer son nom de famille au public. Restait à trouver la meilleure façon de le faire, c'est-à-dire bien sûr la plus cruelle. Une fois encore, le hasard fut avec eux : début octobre, les murs se couvrirent d'affiches de quatre mètres sur quatre : « AUDREY. Palais des Spectacles. 17 novembre. »

Mme Poutifard estima que ce concert donné dans la grande ville voisine serait l'occasion idéale pour révéler à ses fans le véritable nom de leur idole. Ils appelèrent aussitôt le numéro indiqué. Oui, il restait quelques places, mais il fallait se dépêcher. L'après-midi même, Poutifard faisait la queue au guichet d'un grand magasin de musique au milieu de cinquante fillettes accompagnées de leur mère ou de leurs grands-parents. Devant lui, un homme d'une soixantaine d'années se retourna, souriant.

– Je viens pour ma petite-fille, elle a huit ans... Vous aussi ?

Il eut envie de répondre : « Non, c'est pour ma mère, et elle en a quatre-vingt-huit ! », mais il le garda pour lui. Autant ne pas attirer l'attention.

Mme Poutifard suggéra à son fils de faire une visite de repérage au palais des Spectacles. D'après elle, ils y trouveraient peut-être inspiration et stratégie. L'essentiel étant d'entrer dans les murs, il suffisait d'acheter un billet pour le premier spectacle venu. Il se trouva que le seul concert pour lequel il restait quelques places avant la venue d'Audrey était celui d'un groupe de rock nommé Metalik Trash.

– Je pense qu'il y aura surtout des jeunes, lui dit sa mère. À ta place, plutôt que ta veste mauve qui reste malgré tout un peu stricte, je mettrais ce polo vert qui fait plus... sport.

Ainsi conseillé, Robert Poutifard monta un samedi soir dans sa 2 CV jaune et se rendit au concert de Metalik Trash. Il en revint à 1 h du matin dans un état second.

— Alors ? l'interrogea sa mère, en chemise de nuit dans le couloir.

— Hein ? brailla Poutifard d'une voix de tonnerre.

Sa mère sursauta.

— Tu es fou de crier comme ça ! Qu'est-ce qui te prend ? Tu vas réveiller l'immeuble !

— Pardon…, s'excusa-t-il en baissant un peu la voix, j'étais près des enceintes… j'ai les deux oreilles bouchées… je n'entends plus rien… bonne nuit.

Pendant les trois jours qui suivirent, il continua à parler si fort que, pour converser avec lui, sa mère devait se tenir à quatre mètres environ. Mais il n'avait pas perdu sa soirée.

— Regarde, maman, beugla-t-il en griffonnant sur un papier, ça c'est la salle. Moi j'étais là, à peu près. Ici, tu as des toilettes. En y allant, tu passes dans un couloir. J'ai repéré un escalier « accès interdit ». Je l'ai pris. Il monte à une passerelle technique, là où ils règlent les projecteurs, je pense. De là-haut, tu domines toute la salle…

— Et alors ? hasarda Mme Poutifard.

— Alors, tonna Robert, imagine que, de là, on jette quelques milliers de petits papiers sur la tête des spectateurs. Avec tu sais quoi écrit dessus…

Ils imaginèrent la scène avec délice. Les petits

papiers qui volent et se posent sur les têtes, les épaules. Les mains qui les saisissent, les yeux qui les lisent. « Masquepoil ! Tu as vu ? Elle s'appelle Masquepoil ! » Les premiers rires qui fusent, puis la franche rigolade et enfin la cerise sur le gâteau : Audrey qui ne comprend pas ce qui se passe, qui est obligée d'arrêter sa chanson en plein milieu, Audrey qui attrape à son tour un petit papier qui vole, Audrey qui lit, qui éclate en sanglots : « Oh, les salauds ! Les salauds ! » Depuis la passerelle, Robert qui lui crie à pleine voix : « De la part de Robert et Claudine ! Vous vous souvenez, mademoiselle Masquepoil ? » et qui s'enfuit avant qu'on le prenne.

Ils mirent longtemps à se décider sur le texte. Il fallait que ce soit bref et méchant. Finalement, ils s'accordèrent sur la formulation la plus simple. Robert la tapa sur son ordinateur et la reproduisit une soixantaine de fois sur la même page. Puis il alla à la boutique de photocopies du rez-de-chaussée et en dupliqua cent exemplaires. Le soir, après le dîner, ils se munirent de ciseaux et se livrèrent à un joyeux découpage. À 10 h, ils avaient obtenu six mille petits papiers identiques. Poutifard, par jeu, monta sur la table et en jeta une centaine en pluie au-dessus de la tête de sa mère. Sur chacun des six mille petits papiers figuraient seulement ces quelques mots :

Prénom : Audrey.
Nom : … MASQUEPOIL !
Vous le saviez ?

14
La troisième vengeance

Dans le flot des spectateurs qui marchaient vers le palais des Spectacles, Robert Poutifard et sa mère dépassaient tout le monde de deux têtes. Ils avaient beau se faire petits, on se retournait sur eux. À l'entrée, on leur conseilla de laisser leurs manteaux au vestiaire, il ferait chaud dans la salle.

– Nous les gardons ! répondit Poutifard. Ma mère est frileuse, et moi aussi.

Il ne pouvait tout de même pas expliquer à la jeune femme qu'il portait, accrochés à sa ceinture, plus de quinze sacs en plastique remplis de petits papiers vengeurs, et que sa mère en avait autant attachés autour du ventre. Ils prirent soin de s'asseoir en bout de rangée, de façon à pouvoir s'éclipser facilement le moment venu. Aussitôt installés, ils comprirent à quel point ils détonnaient dans le paysage : il n'y avait là que des fillettes de huit à douze ans accompagnées de leurs parents. Une ouvreuse essaya de leur vendre un livret contenant le texte des chansons.

– On les connaît déjà ! lui lança Mme Poutifard. On a le disque à la maison, mademoiselle !

La salle fut vite pleine à craquer et, avant même la première note de musique, des centaines de bras se tendaient vers le ciel et appelaient en cadence : « Au-drey ! Au-drey ! » Lorsque la scène s'éclaira, il y eut un seul cri immense. Les musiciens entrèrent les premiers, les uns après les autres. Le batteur d'abord, puis un guitariste, puis un deuxième, chacun ajoutant du volume à la musique. « Au-drey ! Au-drey ! » exigeaient deux mille voix aiguës. Vinrent ensuite les choristes, plus de dix, dans le tournoiement des projecteurs. Enfin, on distingua une mince silhouette en jean qui descendait un escalier sur la droite. Audrey ! Une centaine de petites spectatrices quittèrent leur place et se ruèrent vers la scène en poussant des hurlements hystériques. Tout le reste de la salle se leva, sauf Poutifard et sa mère qui se regardèrent, incrédules. Devant eux, une fillette de neuf ans peut-être serra à deux mains et de toutes ses forces le bras de sa mère.

– C'est elle, maman ? C'est Audrey ?

– Bien sûr que c'est elle !

La petite en avait les yeux exorbités. Poutifard vit son menton trembler et des larmes descendre sur ses joues. Décidément, il se passait ici des choses qu'il ne comprenait pas bien. La première chanson fut reprise par tout le monde, et les suivantes aussi.

– Vous pourriez vous baisser, monsieur ! rouspétèrent les enfants qui étaient assis derrière, on ne voit pas Audrey !

Il glissa un peu vers l'avant de son siège et rentra la tête dans les épaules. Il commençait à crever de chaud dans son manteau, et ce fut un soulagement quand il reçut enfin un coup de coude de sa mère :

– Robert, j'ai envie de faire pipi…

Ils échangèrent un clin d'œil et se levèrent discrètement. Ils empruntèrent une sortie de secours et se retrouvèrent dans un large couloir circulaire.

– Je n'étais pas de ce côté l'autre jour, mais nous allons faire le tour… décida Poutifard, et il partit à grandes enjambées. Tu suis, maman ?

Ils marchèrent si bien que, trois minutes plus tard, ils étaient exactement au même endroit.

– Tu as dû te tromper, Robert…, souffla Mme Poutifard, hors d'haleine. Je n'ai vu d'escalier nulle part…

Ils effectuèrent un second tour puis, lassés de tourner en rond, ils ignorèrent un panneau « passage réservé au personnel » et accédèrent à un couloir plus étroit. Ils passèrent en revue une dizaine de portes fermées.

– Ce sont les loges des artistes, je pense…

– Oui, Robert. Cette fois, nous sommes bien perdus…

Comme il n'y avait personne à qui demander son chemin, ils avancèrent au hasard. Tout au bout du couloir, une porte était entrouverte.

– Regarde, maman, il y a peut-être quelqu'un ici… Si on allait frapper.

À mesure qu'ils approchaient, il leur sembla entendre plus fort la musique du concert, comme si elle était retransmise à l'intérieur de la pièce. Arrivés devant la porte, ils se figèrent. Une carte glissée sous une petite plaque dorée indiquait : « Audrey ».

– C'est sa loge ! murmura Poutifard. Mais il y a quelqu'un dedans…

Poussée par la curiosité, Mme Poutifard avança sa longue tête dans l'ouverture. Son fils, qui la tenait par la taille, la sentit soudain tressaillir. Elle se retira brusquement et fit deux pas en arrière.

– Robert, là ! Dans la… il y a un… une espèce de…

Elle en bégayait.

– Qu'est-ce qu'il a, maman ?

– Il y a… une espèce de… gnome… qui regarde la télévision.

– Qu'est-ce que tu racontes ?

À son tour, il passa la tête et jeta un coup d'œil prudent. La loge, vaste et claire, était meublée d'un canapé de cuir beige. Sur la table basse, un énorme bouquet de roses rouges. Tout au long du mur, un plan de maquillage équipé de lampes et de miroirs. À l'angle, on avait installé un téléviseur qui diffusait le concert.

Poutifard ne vit d'abord que le dos rachitique de la personne qui fixait l'écran, parfaitement immobile sur sa chaise. Il lui sembla, comme à sa mère, que cette créature en T-shirt sortait tout droit d'un film fantastique. La tête, coiffée d'une casquette de sport bleue, était disproportionnée, les oreilles proéminentes, la peau des bras étonnamment blanche et flétrie.

— Alors ? demanda à voix basse Mme Poutifard, qui était venue se coller dans le dos de son fils.

— Hutchinson-Gilford…, chuchota Poutifard.

— Il s'appelle comme ça ? Tu le connais ?

— Non, maman, il a le syndrome d'Hutchinson-Gilford. C'est une maladie génétique très rare… une naissance sur huit millions… ça s'appelle aussi progérie…

— Oh, pauvre petit vieux…

— Ce n'est pas un petit vieux, maman, c'est un enfant. Un enfant-vieillard. L'espérance de vie est de treize ans…

— Mais c'est effrayant… Laisse-moi voir…

Elle s'insinua entre son fils et la porte. Par le jeu des miroirs, ils découvrirent le nez en bec d'oiseau, le menton effacé, les lèvres fragiles et surtout cette peau si mince qu'elle laissait deviner partout le relief des os. Ils restèrent un long moment muets de saisissement. L'enfant ne quittait pas l'écran des yeux.

– Allons-nous-en, Robert. Il va nous voir dans les glaces…

C'est exactement ce qui arriva. Le visage ridé se tourna vers eux et leur sourit.

– Bonjour. Entrez, je vous en prie…

La voix était métallique et perchée.

– Oh, nous ne voulons pas déranger, répondit Poutifard, mais il n'osait plus rien entreprendre, ni partir, ni entrer tout à fait.

– Je suis le frère d'Audrey. Elle chante bien, non ?

– Oh oui ! Très bien ! répondirent ensemble Poutifard et sa mère, et ils s'étonnèrent d'y avoir mis autant de sincérité.

– Je regarde sur l'écran parce que je peux pas aller dans la salle… Si on me bouscule, j'ai des fractures après… Aux jambes, aux bras et à la hanche… Elles guérissent pas… C'est pénible… Approchez… Regardez ma sœur…

Ils s'approchèrent. Sur la scène, Audrey exécutait une bondissante chorégraphie au milieu d'une dizaine de danseurs et de danseuses. C'était une explosion d'énergie, de jeunesse. Dans la salle, on se trémoussait sur place. *Il faut s'bouger*, disait la chanson, *il faut pas rester… les deux pieds dans l'même sabot… il faut rêver…*

– Elle danse bien aussi, non ?

– Oh oui, elle danse très bien…

– C'est la meilleure, ma sœur…

– Oui, c'est la meilleure…

Il n'avait ni cheveux, ni cils, ni sourcils. La casquette cachait un crâne blanchâtre et bosselé.

– Dans deux chansons, c'est la mienne…

– Pardon ?

– Dans deux chansons, c'est ma chanson. Vous voulez attendre ?

– Non, merci, dit Poutifard. Nous devons retourner à nos places. Au revoir.

– Au revoir, répéta sa mère.

– Au revoir, monsieur et madame, dit l'enfant-vieillard, et il se concentra à nouveau sur l'écran.

Ils arpentèrent pendant quelques minutes les couloirs sans savoir au juste ce qu'ils cherchaient. Mme Poutifard avait du mal à se remettre de ses émotions.

– Mais enfin, Robert, il devrait se faire soigner…

– Il n'y a pas de remède, maman. Aucun traitement. Ils vieillissent en accéléré dès la naissance.

– Mon Dieu ! Et c'est dû à quoi ?

– On ne sait pas. La cause est inconnue…

Le hasard les amena à cet escalier qu'ils cherchaient depuis le début. Ils le gravirent rapidement et se retrouvèrent soudain immergés à nouveau dans le vacarme du concert. Ils s'avancèrent sur la passerelle métallique qui surplombait la salle et s'y s'accoudèrent un instant. De là, on dominait la salle et la scène. Les projecteurs balayaient tout ensemble artistes et spectateurs, l'ambiance était à son comble.

– Dépêchons-nous ! réagit Poutifard, quelqu'un pourrait nous surprendre.

Ils en avaient presque oublié pourquoi ils étaient montés ici. Dans la pénombre de la passerelle, ils s'activèrent cependant à vider dans un unique grand sac-poubelle le contenu de tous les petits sacs. Il faudrait pouvoir jeter les six mille papiers à la fois avant de filer. Dès qu'ils eurent fini, Poutifard saisit le sac et s'apprêta à le déverser.

– La soufflerie de la climatisation est juste en dessous, expliqua-t-il à sa mère. Elle va nous aider.

À cet instant précis, tous les projecteurs s'éteignirent, et il n'y eut plus autour d'Audrey qu'un rond de lumière ambre. Le silence se fit, à peine troublé par les notes fragiles d'un piano. Audrey commença à chanter, debout près de la coulisse, contre le rideau, et sa voix était si proche qu'on avait l'impression qu'elle murmurait à votre oreille :

Qui dira le mystère
du temps qui s'accélère ?
Le secret des enfants
qui ont déjà mille ans ?

Poutifard et sa mère écoutèrent, fascinés.

– C'est sa chanson…, dit la vieille dame.

– Oui…, répondit son fils.

Je vois la vie qui file,
dans ton corps trop fragile.
Personne ne sait pourquoi
tu es comme ça
comme ça
comme ça…

– Qu'est-ce que tu attends ? s'énerva Mme Poutifard. Vas-y !

Il saisit le sac, le posa en équilibre sur la passerelle, le souleva.

– Allez ! Jette les papiers, Robert !

Il prit une profonde inspiration, et ses mains retombèrent.

– Je ne peux pas, maman…

– Donne-moi ça !

Elle lui prit le sac des mains et s'apprêta à le secouer dans le vide.

Et pourtant chaque jour
je t'aime davantage,
chantait Audrey, immobile et souriante,
je t'aime davantage
parce qu'il y a urgence
urgence
d'amour…

– Alors, maman ?

– Je… je ne peux pas non plus…

Le temps s'affole
je voudrais l'arrêter
j'ai envie de crier
et c'est toi qui me consoles
qui me fais rire
qui sèches mes larmes

Des briquets s'allumèrent dans la salle. Ils écoutèrent la chanson jusqu'au bout.

Alors je chante la vie
pour être digne de toi
pour que tu sois fier de moi
Personne ne sait pourquoi
tu es comme ça
comme ça
comme ça

Mais je t'aime chaque jour
davantage
parce qu'il y a urgence
urgence
d'amour…

Les applaudissements éclatèrent et le plein feu revint sur la scène. Sans transition, choristes et musiciens lancèrent le titre suivant.

– Comment as-tu trouvé la chanson ? demanda Poutifard.

– Un peu maladroite, répondit sa mère. Mais…
touchante. Surtout maintenant qu'on sait…

Elle sortit un mouchoir de sa poche pour s'essuyer
les yeux.

– Et toi ?

– Pareil…, grogna Poutifard, embarrassé de sa
propre émotion. Qu'est-ce qu'on fait maintenant ?

D'un commun accord et sans avoir à le dire, ils
abandonnèrent là le sac de papiers, suivirent la passerelle et redescendirent l'escalier. Cette fois, ils
eurent davantage de chance et retrouvèrent facilement la salle et leurs deux places.

– Oh non, ils reviennent ! râlèrent les petites spectatrices assises derrière eux, mais ils se tassèrent si
bien sur leurs sièges qu'on les laissa tranquilles jusqu'à la fin du concert.

Audrey fit deux rappels seulement avant de s'en
aller tout à fait. Elle envoya des baisers, dit aux filles
qu'elle les aimait, les filles lui renvoyèrent ses baisers, lui crièrent une dernière fois qu'elles l'aimaient
aussi. Le spectacle était terminé.

Poutifard et sa mère parvenaient à peine à l'air
libre quand on appela derrière eux :

– Monsieur ! Une seconde ! Vous êtes M. Portifar ?

Son estomac se noua. Et voilà, il était pris ! Il fallait bien que ça arrive ! Quelqu'un les avait surpris
sur la passerelle. On avait sans doute trouvé le sac. Il
s'étonna pourtant qu'on connaisse son nom, enfin
presque. Que faire ? Il pensa à fuir et à se perdre dans

la foule, mais sa mère n'aurait pas pu le suivre. Il se
retourna donc et demanda :

— Qu'est-ce que vous me voulez ?

Le jeune homme en jean et T-shirt n'avait pas l'air
hostile.

— Vous êtes M. Portifar ?

— Poutifard, corrigea-t-il.

— Audrey voudrait vous voir. Elle vous attend dans
sa loge. Je vous conduis.

15
La rencontre

Ils remontèrent à contre-courant le flot des spectateurs qui s'en allaient. Dans le hall d'entrée, deux ou trois cents fillettes attendaient, carnet et stylo à la main, dans l'espoir d'un autographe. Ils passèrent une porte sur la gauche et suivirent des couloirs inconnus. Le jeune homme marchait d'un bon pas sans se retourner, Poutifard le suivait à trois mètres, sa mère trottait derrière eux.

— Qu'est-ce qu'elle peut bien te vouloir, cette fille ?

— Aucune idée, maman…

Ils atteignirent enfin le long couloir des loges, mais il était à présent encombré et bruyant. Musiciens, danseurs et choristes s'y croisaient en tous sens. Des rires éclataient partout.

— C'est au bout, dit le jeune homme.

« Je sais », faillit répondre Poutifard et il réalisa que le frère d'Audrey allait les reconnaître. Il leur faudrait expliquer ce qu'ils faisaient dans la loge pendant le concert. Il n'eut pas le temps de s'en inquiéter davantage, déjà le jeune homme tapait trois petits coups à la porte.

— Audrey ! J'ai ton monsieur !

Aussitôt elle fut là, devant eux, rayonnante dans un peignoir vert. Elle venait visiblement de prendre une douche, ses cheveux blonds étaient encore mouillés.

— Oh, monsieur Poutifard, comme ça me fait plaisir ! Entrez ! Entrez vous aussi, madame !

Ils s'avancèrent et virent aussitôt, à leur grand soulagement, que le frère n'était plus là. Sa chaise était vide. Audrey chercha en vain du regard derrière eux.

— Où sont les enfants ? Vous… êtes seuls ?

— Oui…, répondit Poutifard, un peu gêné, c'est inhabituel peut-être ?

Sa mère vola à son secours :

— Je suis sa mère. Nous avons tous vos disques, mademoiselle, et nous les aimons beaucoup.

Audrey lui adressa un grand sourire.

— Vraiment ? Tous mes disques ? Il n'y en a qu'un vous savez. Mais je vous remercie tout de même. Ça me touche. On pense souvent que je ne plais qu'aux filles de onze ans. Vous êtes la preuve que c'est faux ! Mais asseyez-vous donc… Vous voulez boire quelque chose, j'ai des jus de fruits et même du champagne si vous préférez…

Ils se contentèrent d'un jus d'orange que la chanteuse servit elle-même sur la table basse.

— Comment m'avez-vous reconnu ? demanda Poutifard.

— Pendant le concert, la salle est souvent éclairée. Et vous êtes grand… J'ai été très émue de vous voir là. Ça fait dix ans, non ?

— Onze, rectifia Poutifard. Onze ans, vous étiez en CM 1…

— C'est ça, en CM 1… Vous êtes toujours maître ?

— Non, je viens de prendre ma retraite. Je finis ma carrière au moment où vous commencez la vôtre…

— Oui, on se croise…

Ils rirent de bon cœur. On fit entrer quelques fillettes privilégiées et pétrifiées d'émotion. Audrey signa leurs albums photo et adressa à chacune un sourire qui n'avait rien de mécanique.

— J'aime les enfants…, dit-elle quand ils furent à nouveau seuls.

— Ils vous le rendent bien…, commenta Mme Poutifard.

Ils bavardèrent quelques minutes. Elle raconta les tournées épuisantes, les enregistrements, les demandes incessantes des radios et des télévisions, le courrier affolant. Elle ne parla pas de son frère.

— Et vous ? s'interrompit-elle soudain, à quoi occupez-vous votre temps libre maintenant ?

– Oh, répondit Poutifard, je m'occupe… je lis… je me promène…

– En tout cas, conclut-elle, j'ai été très heureuse de vous revoir. Vous étiez… un bon maître…

Il sentit sa gorge se nouer. « Un bon maître… » Il n'avait pas été un bon maître. Jamais. Il le savait bien. Mais à cet instant, il aurait donné n'importe quoi pour qu'elle ait raison. Trop tard…

Audrey se leva.

– Je m'excuse, je dois rejoindre tout le monde au restaurant…

– Vous dînez à cette heure ? s'étonna Mme Poutifard.

– Comme vous voyez… Notre vie est déréglée…

Elle les accompagna à la porte. Ils se serrèrent la main et se séparèrent.

– Je vous enverrai mon prochain album, madame !

– Merci mademoiselle ! Je l'attends avec impatience.

– Et des places pour le concert, si je reviens l'année prochaine !

– Merci !

Ils disparaissaient au bout du couloir quand elle appela encore :

– Monsieur Poutifard !

Il se retourna.

– Oui ?

Comme elle ne disait rien et ne bougeait pas, il fit demi-tour et revint seul vers elle. Quand il fut tout près, la différence de taille leur parut immense à tous les deux. Elle avait l'air d'une toute petite fille. Elle leva les yeux sur lui et il vit que son visage avait changé. Elle semblait au bord des larmes.

— Qu'y a-t-il ? demanda Poutifard.

— Il y a…, hésita-t-elle, il y a que je voudrais… vous savez bien… la bague… Je vous ai fait appeler pour ça, mais je n'ai pas osé en parler devant votre mère…

Il ne savait pas quoi dire.

— Je suis désolée… j'étais une sale gosse… je me rendais pas compte… je vous ai fait beaucoup de peine, sans doute…

Un groupe de jeunes gens passèrent à côté d'eux.

— Tu viens, Audrey ? On y va, nous.

— J'arrive !

Elle attendit qu'ils soient loin.

— Vous savez, ça me poursuit depuis toujours. Je voudrais tellement ne pas avoir fait ça… Je n'en ai jamais parlé à personne. Et vous ? Oh, dites-moi quelque chose s'il vous plaît…

— Non, je n'en ai parlé à personne non plus, répondit-il gravement. Sauf à ma mère bien sûr. C'est notre secret. On a tous un secret, n'est-ce pas ?

Comme elle approuvait de la tête, il ajouta :

— J'ai beaucoup aimé votre chanson, celle avec le piano tout seul…

Cette fois, les yeux d'Audrey se brouillèrent tout à fait.

– C'est mon frère… Il a neuf ans… C'est une maladie…

– Je sais, dit Poutifard. Je suis au courant.

Elle eut l'air étonné. On appela encore du bout du couloir :

– Audrey, tu arrives ou quoi ?

Ils restèrent sans rien dire quelques secondes. C'est elle qui rompit le silence.

– Pour la bague, j'aimerais… Enfin, comme je ne peux plus rien faire pour réparer… est-ce que vous voudriez bien… est-ce que vous pourriez…

Les trois mots qu'elle attendait sortirent de la bouche de Poutifard sans qu'il le décide vraiment.

– Je te pardonne.

– Vraiment ? dit-elle. Vous me pardonnez ?

– Vraiment. Et maintenant va vite, si tu ne veux pas manger froid…

Il se rendit compte qu'il l'avait tutoyée, comme s'il avait eu à nouveau devant lui la petite fille de CM 1.

– Merci. Je peux vous embrasser ?

Il se pencha très bas et elle l'embrassa sur les deux joues.

– Je ne vous oublierai jamais, monsieur Poutifard, vous étiez un bon maître et vous êtes un chic type.

Elle rentra dans sa loge et referma la porte. Il retrouva au bout du couloir sa mère qui commençait à s'impatienter.

– Alors Robert ? Qu'est-ce qu'elle te voulait ?

– Elle voulait m'embrasser, tu l'as bien vu !

– Et elle a mis tout ce temps pour y arriver ?
– Eh oui, ne m'embrasse pas qui veut maman…
En traversant le parking, elle s'arrêta net.
– Robert, nous sommes vraiment deux imbéciles !
– Pourquoi ?
– On n'a même pas demandé un autographe.

Épilogue

Sur le chemin du retour, la 2 CV jaune roulait vaillamment dans la nuit, bien calée sur la file la plus à droite de l'autoroute. Le ciel était clair et rempli d'étoiles. Au volant, Robert Poutifard se sentait délicieusement bien. Il lui semblait que la colère en lui s'était apaisée pour toujours, qu'il s'était réconcilié avec lui-même et avec le monde entier.

– Tu dors, maman ?

La vieille dame avait appuyé sa tête contre sa veste pliée et elle fermait les yeux.

– Non, Robert, je ne dors pas.

– À quoi tu penses ?

– Je pense à ton pauvre père. Il disait toujours qu'on voyagerait un peu quand il serait à la retraite… Il est parti en voyage sans moi…

– Tu aimerais qu'on voyage tous les deux ?

– Pourquoi pas ? *Il faut s'bouger…* Elle l'a bien dit,

la petite… *il faut pas rester… les deux pieds dans le
même sabot…*

— *Il faut rêver…* reprit Poutifard et ils chantèrent
ensemble la chanson d'Audrey qu'à force ils connaissaient par cœur.

— Et tu aimerais aller où ? continua-t-il.

— Je ne sais pas. Le Périgord, peut-être.

— Pour les paysages ?

— Oui, Robert, et pour la terrine de foie gras aussi.

Le lendemain matin, il se réveilla à l'aube. Sa
mère dormait encore. Il se glissa dans son bureau, en
pyjama, prit son cahier de vengeance dans un tiroir,
le déchira par le milieu et le fourra dans la corbeille
à papiers. Puis il monta sur le tabouret et descendit
de l'étagère le carton noté « Photos ». Il s'installa
confortablement sur son fauteuil de bureau, mit en
sourdine le CD d'Audrey et il regarda les trente-sept
photographies. Il regarda les uns après les autres les
mille enfants qu'il avait eus en classe : les grands et
les petits, les gros et les maigres, les filles et les gar-
çons, les bons élèves et les mauvais. Il regarda les
mille visages souriants, sans en oublier un seul, et il vit
que ces visages ne se moquaient pas, comme il l'avait
cru. Au contraire, tous lui parurent amicaux et sin-
cères. Tous semblaient lui dire : « Bonne retraite,
monsieur Poutifard ! »

Table des matières

Jean-Claude Mourlevat

L'auteur

Jean-Claude Mourlevat est né en 1952 à Ambert, en Auvergne. Il fait des études à Strasbourg, Toulouse, Bonn et Paris, et exerce pendant quelques années le métier de professeur d'allemand avant de devenir comédien et metteur en scène de théâtre. À partir de 1997, il se consacre à l'écriture. Tout d'abord des contes, puis son premier roman, *La Balafre*, publié en 1998. Depuis, les livres se succèdent avec bonheur, plébiscités par les lecteurs, la critique et les prix littéraires. Jean-Claude Mourlevat a deux enfants et réside avec sa famille près de Saint-Étienne.